夜灵眸 著

4×100米恋爱

時代文藝出版社

图书在版编目（CIP）数据

4×100米恋爱 / 夜灵眸 著. —长春：时代文艺出版社，2019.3

ISBN 978-7-5387-5963-1

Ⅰ. ①4… Ⅱ. ①夜… Ⅲ. ①故事－作品集－中国－当代 Ⅳ. ①I247.81

中国版本图书馆CIP数据核字（2018）第184980号

出 品 人　陈　琛
产品总监　郭力家
责任编辑　刘瑀婷
装帧设计　陈　阳
排版制作　毛倩雯
插图及封面绘画　张骁驰

4×100米恋爱

夜灵眸 著

出版发行 / 时代文艺出版社
地址 / 长春市泰来街1825号　时代文艺出版社　邮编 / 130011
总编办 / 0431-86012927　发行部 / 0431-86012957　北京开发部 / 010-63108163
官方微博 / weibo.com / tlapress　天猫旗舰店 / sdwycbsgf.tmall.com
印刷 / 长春第二新华印刷有限责任公司
开本 / 660mm×940mm　1 / 16　字数 / 117千字　印张 / 11.25
版次 / 2019年3月第1版　印次 / 2019年3月第1次印刷　定价 / 32.00元

图书如有印装错误　请寄回印厂调换

这里的人们不断地拥抱爱情，又不断地转身离去，在这些不同的故事里，随着时间的推移，思念的对象，最后变成了爱情本身。

——夜灵眸

目　录

序

一种生存的境况

在这本书创作之前，我与夜灵眸曾有过几次交流。我看一位作家从不只看重他的文字，因为相对于优美的文字，我更青睐于笔尖跳动的灵魂，对每一个人物细致入微的刻画。

我收到夜灵眸的书稿时，恰逢布谷鸟啼叫最欢的季节。很少读当代小说了，尤其是 80 后作家的作品，总觉得他们的文字中缺少些东西。这不仅指生活的苦难，更重要的是对人的博爱和理解。夜灵眸的文字，打消了我对 80 后作家的一些误解。仔细品读，更引起我对了解当下年轻人生活的兴趣。

女作家所讲述的是当下人的记忆和经历，是对生活的还原。小说是复杂的，但现实生活中经历的事情比小说更戏剧化。生活不是戏剧表演，也不是空中楼阁、节外生枝，设计一个个悬念，并带着读者去解读。现实比想象丰富，它的残酷是无法预料的。

表面上看，没有大起大落的生活其实也是飘摇不定的，随时会发生意想不到的事件。之前稳定平静的环境，会因为一个人物的出现发生质的变化，或增添几抹色彩，或蒙上一层阴霾。不断移位的生活方式，使很多人的心理也发生了诸多变化。

《4×100米恋爱》是由四个短篇故事组成的。它们多角度、多维度地展现了当代青年人对待生活和爱情的态度。由文字的音符，在现实的五线谱上，谱成一曲曲青春的乐章。从古至今，爱情是文学中永恒的主题，爱是人与人之间的强烈依恋以及无私奉献的情感。

乔治·桑曾说："那种用美好的感情和思想使我们升华并赋予我们力量的爱情，才能算是一种高尚的热情；而使我们自私自利、胆小怯懦，使我们流于盲目本能的下流行为的爱情，应该算是一种邪恶的热情。"爱情不仅是异性的倾心相遇，重要的是情感分子融化在彼此的血液中。北宋文学家苏轼写道："十年生死两茫茫，不思量，自难忘。"这其中的"不思量"和"自难忘"，表面上是矛盾的心态之间的张力，却深刻地揭示了作者内心的情感。爱不用刻意相思，它是从生命中爆发出来的。爱是说不尽、道不完的主题，只要人类存在，太阳每天升起，爱情就一定会发生。

但爱情在每个人的身上，又都有不同的结果。

书中的几个故事通过主人公"失败的爱情"，刻画了当下青年人爱情中出现的渣男，以及精心策划的套路，层出不穷、令人唏嘘。反映了如今的恋爱关系中，很多人没有责任感、缺乏担当，就不免在情感中受到惩罚。青春是美好的，在这段好时光中，一个人经受成长的考验，蜕变的痛苦，也是一笔宝贵的财富。

女作家讲述的“失落的青春”，既有文字的浪漫，又有故事的荒诞。主人公们荒谬又令人发笑的行为，引人深思。难道这些年轻人真的已经忘了爱情本该有的模样了吗？爱需要怎样经营，需要怎样的情感才能彼此照应？作家理性地讲述，不是空对空地说教，而是拼凑每一段情感碎片，将其破碎的细节放大。

> 有一天，我办事路过从前的住处，那天与那年的天气一样闷热，中午的时候下起了太阳雨。我被大颗大颗的雨滴拍打着，我试着第一次站在他曾经站的位置，在那一刻，时间的线是重合的，那个房间换了新主人，窗帘换了新的颜色，窗台上光秃秃的，一层薄薄的灰代替了小盆栽原先的位置。
>
> 我就这样站了很久，想起了无数次焦急地徘徊在风里、雨里、雪里的他。
>
> 这是我第一次以他的视角观察我的房间，第一次以他的视角寻找我们曾经的模样。

作品吸引人的地方，不仅是题材和形式，还有让人心疼、引人思考的故事情节，继而使读者有阅读下去的欲望。语言也是非常重要的，这是作品成败的关键。作家用文字的线条，绘出一幅伤感的画面，从中表现出一个人内心的情感变化。

夜灵眸不似别的女作家，并不执着于大量的景物描写，借以抒发内心的情感。她在作品中更多的是依靠对话的推进和主人公的行动，构成故事的发展脉络与人物的形象塑造。

晚餐结束后，他并没有送我回家的意思，而是突然拉着我的手，说想带我去一个地方。其实，我还是有些许期待的。他带我来到一家他平时常一人独自来的酒吧。这里人不是很多，装修得很别致，灯光比起工体旁边喧闹又人潮涌动的夜店来说，真是闹中取静的一处桃源。他说这里的鸡尾酒很有名气，尤其那一杯我最中意的威士忌酸，酸苦适中，略带甘甜。霍超熟练地向服务员点了几杯龙舌兰，这酒之前我也听说过，以墨西哥的最为出名。此酒性烈，每喝完一小杯，五官都几乎要扭在一起，酒精从我的喉咙下咽，一直燃烧到我的心间。一杯、两杯，一酒盘、两酒盘……很快，我俩就在推杯换盏中不知不觉喝完了一整瓶。最后，可能是我跟他都适应了酒精度数的原因，酒倒不显得那么猛烈了，反倒是喝出了几分甘甜，喝出了几分情意绵绵。我们沉醉在酒吧的爵士乐里，酒水很自然地从唇齿间流进胃里，我与他的故事，仿佛在这你来我往间，在烈性龙舌兰间，更显得炙热。

这是人生最好的季节，可以在生命的大地上享受初恋的美好，让人沉浸在欢乐之中。主人公疯狂地恋爱，将青春期的生活展现在阳光下面。多少年后，她写下这些文字时，对自己当年的一些幼稚和冲动进行了反思。

反思或反省是人心对自身的注意和知觉，是卸下的伪装和隐去的骄傲。心理学家荣格曾说：“孕育在艺术家心中的作品是一种自然力，它以自然本身固有的狂暴力量和机敏狡猾去实现它的目的，而完全不考虑那作为它的载体的艺术家的个人命运。创作的冲动从艺术家得到滋养，就像一棵树从它赖以汲取养料的土壤中得到滋养一样。”荣格所说的“土壤”就是生活，是一个个鲜活的细节，如果没有这些东西，作家写不出伟大的作品。

> 我搬家了，彻底离开了那个令人揪心的房子。他这两年的某一天还去了那儿，拍了我那扇窗户的照片发在微博上，还附了一句：“昔日我往杨柳依依，今我来思雨雪霏霏。”

一个故事，就是一曲乐章，《4×100米恋爱》里的每一个人物、每一对恋人都生活在情感的灰色地带，他们的是非与对错都是模糊的。他们的爱情充斥着麻木的苦痛，疲于把生命消耗在这样无休止的撕扯中。作者的笔，没有夸大爱情的甜果，而是真实地描绘出人与人之间的漠视、纠缠与哀怨。这样的文字，更加直接、多维地表现了这个时代里，一部分人的情感取向和爱情观。

终于等来了一场雨，从清晨下到了日暮。傍晚时分，我放下了手中的书稿，拉开窗子，潮湿的空气总能让我感到放松。几天来读夜灵眸的《4×100米恋爱》，心情也好似这变幻不定的天气。

不知从哪里飞来了一只喜鹊，站在敞开的窗口，鸣叫个不停。那叫声在屋子里不断扩散，与书稿中的人物们相遇，又如种子一般，扎进每一个字里。

我向窗口望去，看到那可爱的小家伙儿正扭动着小脑袋。这场及时雨，浇灌着大地上的万物，也淋湿我的思绪。喜鹊不知什么时候飞走了，只留下空荡荡的窗口和从窗口奔跑进来的、夹风带雨的潮湿的气息。

弗洛姆在《爱的艺术》里曾写道："爱情还可以使人克服孤独和分离感，但在结合的同时又保持着对尊严的忠诚和自身价值的肯定。真正的爱情是让两个不同的生命结合在了一起，却并没有让彼此失去自己本来的个性与面目。"

夜灵眸笔下的爱情，没有惊天动地的大爱大恨，只是小人物的纸短情长，人物的命运，相恋的悲欢离合。在当下快节奏的生活中，挖掘人性的复杂，通过丰富的写作手法，描绘了一段段光怪陆离的故事，刻画出不同人物的鲜明个性特征，表达了自己对生活与众不同的感受和独特的思索感悟，这些是构成全书思维逻辑运转精确的一个整体。

高维生

2018年6月23日

天台情人

我在大学里进修。那天北京下暴雨，我在上第二节课的路上被雨淋了个透。走到教室还一直在哆嗦，霍超给我发了一条信息。他总是突然跳出来发一句无关痛痒的信息给我，而我并不喜欢这种忽近忽远的沟通方式。

霍超说:“在干吗？”我没有回复他，过了几分钟他又发了一条:“有没有带伞？”

我说:“没有。”

十五分钟后，他发了一条信息要我去学校东门找他，我溜出教室，再一次奔跑在大雨中。他的车停在东门口打着双闪灯。上车后，他把一杯热热的奶茶塞到我手里。我抱着热腾腾的杯子看着他，他只是很轻描淡写地说了句:“我出来办事，路过。”

霍超和我说话的时候并不用眼睛看我，只是盯着前方，片刻的安静略显尴尬。车里闷得很，我深吸了两口气。他点了一支烟，说：“快回去上课吧，把这个披上。”顺手从后座上拿来一件外套。我忙说：“奶茶我收了，外套就算了，一会儿雨就停了。”

他这才将眼睛落在我的脸上，说：“你这个女孩子怎么不听话？我总在单位加班，留几件衣服是很正常的，你先披上吧，下次见面再还我。”

我在他面前披上了这件有点儿黑的外套，嘲笑他不洗衣服，他说，这是他能找到的最干净的一件了。

我披着他的外套，大摇大摆地在雨中走着。

我出差回来的那天，阳光特别好，我给霍超发了一个小视频，是一段我笑得很开心的小视频。他那天似乎也格外有兴致，和我聊了很多。他问我要不要晚上一起吃个饭，我说正好还他衣服。

回到家我一直在捯饬，裙子换了一条又一条，最后选了一条很瘦的灰色长裙，踩着小白鞋向他奔去。我的头发很长很长，黑色的齐腰长发，我喜欢它这样自由地飘着。

我们吃饭还是比较拘谨的，看得出来，他也比较拘谨，问我的问题都挺严肃。直到我们吃完饭下楼，过马路时有一大片水洼，他才突然站在我前面弯下身子，豪迈地说了句：“上来。”

我一抬腿就迈上了他的背，他笑着说：“嘿，你这是溜达着上来的呀。”

我问他："重不重？"

他没有回答我。

我邀请他去我家。

他和我穿过暗黑的走廊时担心地说："你一个女孩子住在这儿不害怕吗？"

可当我打开我的房间门时，他傻傻地站在了门口，我转身去洗手间，叮嘱他随便坐。

我再次回来时，他已经站在房间的中央，像个木偶一样，眼睛盯着房间的每一个细节。他表面上虽然很淡定，不过，我已经感觉到他此刻很震惊，甚至还有一些不知所措。因为我家被我布置得比较有艺术感，墙面全是我的画和我喜欢的画家的作品打印版，风格比较暗黑；另一面墙都是书法字画，两种完全不同的风格；我还在桌子上摆满了稀奇古怪的小玩意儿。

我泡了一壶茶，他坐在桌子旁边的椅子上，我将白色窗框的小窗打开，夏夜的风很潮湿，也很暖。

我开了几盏暖黄色的复古灯，家里常年的熏香让屋子里有很清爽的茉莉花香。我慢条斯理地做着这些很平常的事。

他故作镇定地发表他的见解，我们的会面好像变成了学术交流。

我抱着腿，他双手交叉放在肚子上，时不时抬头盯着我的画发呆。

他问："你现在想画画吗？"

我说："随时可以瞎画。"

我拿来画板，放了一首舒缓的歌，他就坐在那儿安静地看着我。我会问他很多无聊的琐碎问题，比如，饿不饿、渴不渴、累不累、吃水果吗、看书吗……而且总是重复不间断地问他。他摸了一下额头，说："你这个操心的命，在你的世界里随时都会饿和渴吗？"

我说："我不喜欢别人和我在一起有任何不舒适感，这样我才轻松，才会放心做自己的事。"

他没有回应我，只是在我快画完的时候问我："你饿不饿？或者，渴不渴？"

我笑着白了他一眼。

他说："你说的天台在哪儿？"

于是我神秘地一笑，起身将窗户的纱窗摘掉，回头对他说："爬出去吧。"

他瞪大眼睛疑惑地看着我，我说："就是这里呀，爬出去就看到了。"

他看看我，又看看窗户，我轻轻推了他后背一下："你先爬。"

我拿着茶杯和小毛毯，也跟着爬了出来。

天台很狭长，其实就是楼下商铺的房顶，平时很少有人爬出来，所以它就像是我一个人的专属天台。我也曾在上面见过一个老人，是我隔壁的奶奶。那是秋天的一个下午，我在睡午觉，被一阵哗哗的声音吵醒，我趴在窗户上，看到天台上面满满的都是银杏树的落叶，大片的金黄色，在那个午后很耀眼。

老奶奶拿着一把扫帚一直在来回翻腾落叶，我趴在窗台上问她这是在干吗，她说这些银杏树叶子可以泡茶，也可以做枕头芯儿，晚上睡觉枕着很清香。我想试试银杏树叶泡茶的味道，于是，我尝试着爬出去。我一直以为老人是在窗户边专门打通了一扇门才上来这个天台的。可当我爬出去才知道，原来老人也是从窗户爬出来的。

想到这里我咯咯地笑出声，霍超的表情似乎被我传染了，挑着眉斜着眼睛问我："想起什么了，这么开心？"我说："没有。你是第一个和我坐在这里聊天的朋友。"

天台边缘有一排黄色的灯管，上面布满了灰尘，于是灯光显得很朦胧。我们背对着街道，一直有一搭没一搭地聊天。他很爱讲大道理，还说以后我找男朋友他会帮我把关。他夸我的性格太好，但太容易相信男人，这样会被欺负的。

我说："你这么厉害，说得头头是道的，你的女朋友一定很受宠吧？"

他一转严肃的表情，咬字特别清晰地对我说："我还没有女朋友……我这个人吧，可能是不懂女生追求的浪漫，不爱送女生花呀那些东西，我觉得送点儿实际需要的东西更好。"

我嘲笑他："活该你没女友。"

他说："你知道吗，爱情是需要博弈的。"

我说："那多累啊，你是多没安全感呀？你见过你爸妈天天斗心眼儿吗，这日子咋过？"

他看着我，那眼神就像在说："你真的没救了。"跟着小声嘟囔了一句，“唉，说了你也不懂。”

快乐的时光总是短暂的，夜色渐深，街上的嘈杂声已经消失殆尽。我整理了下茶杯，说：“谢谢你陪我聊天，今天晚了，你一会儿还要开车，早点儿回去吧。”

他没有接话，看着我欲言又止。他犹豫了片刻，起身帮我收拾小毯子，等我爬进屋里，他才跟着出来。

我想起那件外套，便拿出来给他。他接过衣服看了看，又放在鼻子下闻了闻说：“你还给洗了？”

我说：“你要是不问我这句话，我还以为你是变态呢。再说了，穿完别人的衣服，还不给洗一下吗？”

他脸上的笑有些僵硬，但是手却紧紧地抓着他的外套。迈出房门，他说：“太晚了，不用送了。”转身大跨步地走了，边走边把声音丢给我，“早点儿睡。”

我看着他走到楼外，站在天台下面，我只好再次爬出窗户跟他挥手再见。他在下面仰头看着我，也许是我站的位置比较高，所以他在我的视野里第一次出现了另一种形象：他戴着很细的金边眼镜，显得脸很白也很精致，他将身子靠在杨树上，杨树旁边暖黄色的路灯又投射在他的镜片上，那一幕，很梦幻。

他像是怕吵到别人休息，双手做成传声筒的形状，小声地说：“你快回去吧。”

我乖乖地点了点头，比画了一个打电话的手势，就爬回了房间。

我听到他在我转身的时候喊了一句：“快把窗帘拉上。”

这句话在闷热的夏夜里，回声拉得很亮也很长。

他走了大概一刻钟后给我发信息："傻姑娘，早点儿睡。"

我说："我等你到了再睡。"

他说："啊，那我就快点儿回去。"

我说："注意安全。"

不一会儿我就听到了敲门声。

我开门看到是他，瞪着眼睛盯着他。他怎么又回来了？还跑得气喘吁吁的。

我忙问："忘拿什么东西了？"

他啥话没说就走进我的房间，抓起杯子猛往嘴里灌水。

喝完，他抱着杯子大口喘着气说："就你一句话，我都上五环了，又一路飙车回来。"

我说："啊？我说什么了？"

他一下蒙了，盯着我半天说不出一句话，然后拿出手机看了一眼。

我盯着他片刻，想不通发生了什么。他突然开始狂笑，边笑边拍着自己的大腿，满脸通红。

我陪着他尴尬地笑着，我的声音一定显得很干涩。

他抬起头对着我面红耳赤地说："我真是个瞎子，我把你那条信息看成了'你等我睡了再走'。"

我一时不知道如何回答，本能地张大嘴巴狂笑。

也许他真的不舍得走，想延续那个时间多陪我聊天，加上还在开车，自然就把几个字看成了他想要的样子。这些行为与他之前高冷神秘的形象突然有了很大的反差萌，更显得他直率可爱。

他站起身，迈大步一般，头也不回地大声说："你，那什么，赶紧睡，我走了。"

霍超也许不知道，他越这样，我越觉得可爱，笑得越大声。我跟在他身后学着他走路的样子，他出门只给了我一个侧脸，说："关门。"

我收起张大的嘴巴："好啦，注意安全哦。"刚憋了不到两秒，我又笑了出来，就赶紧把门关上了。

我跑到窗前，看他上了车，他似乎也知道我会来窗口，摇下车窗并没有看我，只是对我挥了挥手。

等他走后，我内心有一股很强的预感，甚至可以说是情感。虽然今天已经过去了，但他和我的故事，在今晚之后要开始了。

我开始不由自主地关注着他的动态，他也一改半夜给我莫名其妙发歌曲的习惯，转而在白天的时候也和我发信息聊天。我们越聊越熟悉，吃饭见面就变得很自然。

鉴于霍超比较慢热，于是我和闺密开始了地下搜索资料阶段。

在各种通讯和公共软件中，不出一会儿就找到了他经常使用的社交平台。虽然人是找到了，但是他的信息很少，痕迹都是两年之前的动态，留言和点赞也很少。我把凡是与他有交集的人员全都拿来分析，再一一排除，最后找到一个女的，长得很普通，是那种走在路上根本不会被关注的女孩儿，但总是@他，发些吃的、喝的或者转发的东西。我和闺密分析她应该是同事或者朋友，因为她从各方面都不像和他有什么。于是我们首先排除了此女为情敌的可能性。

霍超晚上也会给我发语音消息，生活作息也比较正常，每天下班就回家，有时候去健身房锻炼两个小时。他也会在健身前后发信息给我，我可以暂时放心了。

我和闺密都是有感情洁癖的人，不允许交往中存在欺骗，哪怕是善意的谎言也不可以，这是保护自己和防止遇见渣男的前提。

有一次他约我去人大，是去领关于研究生毕业的资料，他之前在人大上的大学，我说他是学霸，他总是很温和地看着我笑。

我们到人大的咖啡厅里坐了坐，他对我说以前总泡在这里，工作后也常回来坐在这里发发呆，或者看看书。

我们走出校园的时候天已经黑了，他说想带我去中关村走走，那是他事业起步的地方，也是他最苦、最难忘的地方。

我和他绕着中关村走了很久，踏过了好几座天桥。他指给我看他曾经住过的地方，从地下室到破旧小区，再由破旧小区到有保安的高档小区，还买了汽车。他到现在都不舍得换汽车，他说这辆车是他用赚的第一桶金买的，他那次赚了二十多万，第一件事就是全部用来买汽车，因为他再也不想冬天坐公交车，再也不想抱着文件包一站又一站地挤着、站着，不停地看公交站牌和无休止地等待。他买这辆汽车的时候，是抱着二十多万现金去买的，他苦笑着说：“你知道吗，即使是要买车了，我最后一次都没舍得打车，还是坐公交车，一路上死死地抱着文件包去买的。”

我不知道别的女孩子喜欢什么样的男人，但我总是着迷于摸爬滚打出来的男人，他们经历过风霜，踏过荆棘，知道世间冷暖后还选择大度地接纳身边与他们理念相悖的人，他们也许内心伤痕累累，但还是每天任劳任怨地工作着，很多话开始收在自己肚子里，不再讲出来。这样的男人练就出来的意志力、洞察力和做事的细致，是很爷们儿的，有着不会轻易服输的魅力。

霍超现在拥有的一切都是自己拼出来的，虽然已入职国企工作，但仍想开一家自己的公司。这是他现在一直在努力的事。

我们走到了商区，这里有两家商场，中间隔着一个露天的长廊，长廊两边有很多不规则设计的座椅。此时，已经下起了小雨，这儿有很多流浪汉拿着铺盖在大椅子上躺着，我们在一块不规则的大石头上坐着抽烟，身后还有一名流浪汉在睡觉，他似乎很敏感，我们刚坐下他就醒了，他霸道地向霍超伸出手，霍超笑着递给流浪汉一支烟。流浪汉没有任何表情，把烟别在耳朵后就转身继续睡了。

一支烟刚烧到手指，就感觉肩膀和头顶有细小的水滴，看来真的要打破这个闷热的夜了。

雨真是世间一个别致的存在，它总是在特定时间出现，吞噬掉人类发出情感的声音。

一阵细腻悠长的小提琴声穿过整个长廊，我寻找着声音的方向，看到一位街头艺人，穿着黑色燕尾服，同伴站在一旁为他撑着一把红色的伞。他缓缓地走着，最终定格在一个自己喜欢的位置，闭着眼睛用琴声诉说着陈奕迅的那首《好久不见》。

琴声伴着眼前细雨，我一时语塞，眼圈泛红，转头看看霍超，他此刻将下巴缩在衣领里发呆，身后的流浪汉在酣睡，我听到了他很安稳匀称的鼾声。

我偷偷擦掉眼角的眼泪，不知为什么自己会哭。

很久之后，他一个哆嗦，才回过神来，起身将外套脱下来披在我肩上。我们踩着雨，带着这首曲调，离开了那个长廊。

我们走在雨夜的街道上，高楼大厦林立的城市中，街道上人来人往，吵吵闹闹。在一个转角处，橱窗映出的绚烂霓虹差点儿让人误以为是斑驳的烟火。

他说请我唱歌，包间是217，他站在门口盯着这个号码好久。

我说:“你在看什么？”

他说:“我要记住这个房间。”

我总觉得他和我在一起的每一分一秒都很用力，好像明天就见不到了一样。

他喜欢香港，喜欢张国荣和梁朝伟，喜欢看那些老片子，他总跟我说睡不着的时候，就会一遍又一遍地看那些老电影。

我们唱完歌就开始玩骰子，我一直输，发誓一定要赢他，他说：“行，赢了让你亲下我的脸颊。”

那是我第一次很轻、很快速地亲他的脸颊，有些小肉，很可爱。

等我们都累了，安静地坐在一起喝饮料时，他才跟我说，他有一个女友，她一直纠缠他，谈了7年，感情像家人一样，但是分手很困难。

我听着就不开心，说：“你要么就负责地在一起，要么就痛快分手，别耽误人家。”

他说：“我都知道，但是她又自杀又下跪哭着求我，实在太痛苦了。”

说实话，我对他有一点儿喜欢和在意，心里很不愿意听到这样的故事。

我和闺密聊起来的时候，她比我理智，她说：“这世上就没有分不了的手，怪不得他总是忽冷忽热，原来有这么一档子事。”她劝我再看看，别着急。

有一天晚上，我在家装新买的画板，霍超给我发信息，问我在干吗，说他在工体附近的一家酒吧喝酒。我劝他早点儿回家，不过，简短的几个字，我能感觉到他当时心情不好。

他问我：“装什么画板？”

我说:“有几个钉子装不上，我没有工具。”

他说:“我一会儿过去帮你装吧，装完再回家。”

他叫代驾来的时候已经是半夜了。他满头大汗地一直鼓捣那个画板，有两个架子怎么也钉不到一起，他有点儿急，用力敲打时，把手划破了。

我劝他:“你别弄了，先回家吧，明天买来工具我自己再装。”我特意给他冲了一杯蜂蜜水，要他休息会儿，他和我絮絮叨叨地说了很多生活和情感的无奈，我也不会劝人，就只是听着。我看看时间，都凌晨一点了，第二天他还要上班，我想着让他就在这儿休息吧，喝酒了也开不了车。他坚持睡沙发，我让他穿着衣服睡在床边。

夏夜很热，空调就在床对面的墙上，如果开空调等于直吹，对身体不好，所以我的习惯是夏天盖着厚被子吹空调。而他不行，他喜欢出汗的感觉，不让我直吹，就把空调的扇叶调在很下面，最后我还是果断把空调关掉了。

我们没有关灯，留了一盏小夜灯，我也穿着大T恤盖着被子，他一直很安静，一动不动地待着。慢慢地我也睡着了。半夜我醒来两次，迷迷糊糊睁开眼睛看了一眼，他还是最初的那个姿势。

我太怕热了，又不敢动，怕吵醒他，满身是汗。迷迷糊糊睡着，不知是醒着还是在梦中，直到清晨，我偷偷把我的大T恤脱了，里面是件吊带背心，砖红色的像肚兜一样的背心，这才让我彻底深度入睡。等我再醒来的时候，我看到他在旁边看着我，我的表情有些蒙，他笑了，说："你这孩子心也真大，敢留我在这儿睡觉，还睡得这么香。"

我很尴尬，又很生气，便说："好心留你，是怕你酒后开车危险，你还不领情。"

"其实，我还没睡醒呢。"他的脸又转向天花板。

我抬头看到一幕熟悉的画面，抬手指给他看："你看。"

窗外的蛐蛐儿叫得很亮，我们都不再说话了，盯着房顶那些时不时出现的小黑影儿发呆。

后来的某天，霍超跑来找我，临走时神秘地往我的书里夹东西。我正要看，他忙伸手拦我："等我走了再看。"

我打开后发现，原来是一封信，还有个题目：我怕来不及记录这稍纵即逝的美好。

此刻，凌晨4点，我想你已入眠，再提笔时恍若隔世，已算不清上次在灯下写字是多少年前，只记得那时还在上学，还需要考试，多年以后在这样一个静谧的夜里又有了提笔的冲动。

就在十个小时前，当我睁开眼看到身边躺着的人是你时，心里是久违的安静和平和，当你睁开眼叫我看光透进窗帘的剪影时，我没有多言，只是会心一笑。其实在你没开口之前我也在对着光影闪烁发呆，所以，要怎么描绘你我之间种种默契这件事呢？我们都喜欢夜晚、喜欢音乐，对电影、对事物的看法和认知默契一致。也正是这样，和你在一起才显得轻松和快乐。

在217包间你第一次吻我的脸颊时，我尝到的不是甜蜜，而是淡淡的暖，我想正是这丝丝的暖，才让我在以后的时光中惦念许久。

我也是第一次与一个姑娘讲自己的故事，考虑到自己不善于轻易表露情感，这还真是件难事，几度将真话说得肤浅，就像这生疏许久的钢笔字一样，呵呵。

此刻想来217里的灯光、音乐、场景、彼时的我和彼时的你，都成了美妙的回忆留在心里，留在那天那个微潮的清晨。

在你幽暗伴着茉莉花香的闺房中，我多想时间就此停止，当时我的手臂被你的头压到酸胀也不敢轻易翻身，只怕吵醒身边熟睡的你，如果你醒了，一定会惊慌地将头转离我的手臂，我只怕不能一直听你均匀的呼吸，只怕看不够你掩面熟睡时安恬动人的模样。

也许你以后又会搬家，也许以后再没机会走进你的房间，这些都不重要，重要的是我已将这一切刻在心里。

恨时光流走无声，我一夜未眠，不舍入睡，偷眼借着月光看入睡的你，挺挺的鼻子，尖俏的下巴，眼睛微微闭起，修长的手臂掩着面庞，像个孩子般平静地呼吸，一切就像王家卫的镜头那样缓慢悠然地呈现，让我在仅有的几个小时里慢慢欣赏，然后印刻。你的胳膊上有一颗黑痣，我的胳膊上也有一颗，而且我看了下，如果我们胳膊靠在一起，这两颗痣正好重叠在一起。

屋子被你用喜欢的东西和舒服的方式陈设得别致而自然，而这一切连同身边的你都会像电影胶片一样在这一年、这一天的早晨在我的记忆里保存。

突然想起一个作家说过："判断自己是否真的爱上了一个人，就是当你遇到她时想的不是做爱，而是在那一刻抱紧她。"此刻能准确地印证出我的心理感受，看着熟睡的你，一直都有想揽你入怀的冲动，如初恋的感觉一般，听来俗套不堪，却无比真实。

忘记了自己几时入睡，只记得睡前最后的记忆是你能让我安然入眠的呼吸声，也不记得睡了多久，两个小时，也许更少，但记得是被你可爱的鼾声叫醒的。我偷笑着醒来，不敢打扰你，看你的容颜依旧，只是此刻更多了些许的可人和无邪。

我想此时打鼾沉睡的你才是最纯粹本真的你吧。

我有时也在问自己，是什么时候在心里对你有的感觉。是初见时山顶上你独坐一旁的侧脸？还是那炎热的下午你穿着球衣闯进我的视线？抑或是从浅谈到后来晚上在阳台互相倾诉？我自己可能也无法分辨了，但可以肯定的是，在后来的N个晚上，我习惯性地想到你今天过得可还好。

想想自己将近而立，早不再是那个爱得轰轰烈烈、敢为爱走天涯的青涩少年，也不再会对感情充满新鲜和刺激，反而更多地开始体会情感中平淡如水的真实，细水过处山高水远的平静和看似普通却细致入微的温暖关心，反而更能触动我的情绪。比如你总挂在嘴边问我累不累，比如你在我躺下时关了空调，还有你对我的信任。

阳台那晚，你背对夜色坐在我身边，没有繁星为你披肩，也没有景致为那次夜聊修饰点缀，但那个场景让人如此难忘，令我沉醉的是我们有一搭没一搭的真心话，是你自言自语和偶尔脱口的哼唱，是那个真实而善良并懂得关心人的你。而我像个二叔一样给你讲“博弈论”听，是因为我担心你再受伤害。

你问我昨夜为何失眠，我避而不答，因为我不知怎样告诉你是由于整晚看你的微博和微信直到天亮，如此矫情的答案，实在令我难以启齿。

背你跨过积水时，你问我重不重，我没有多说，没有讲出来的那句是，我挺想一直这么背着你。

如今相信缘分不是在大街上的遇见，而是睡前醒后的想念，因为有了想念才会有后来的缘深缘浅。从一个横冲直撞的少年走到了学会隐忍感情、懂得释怀的成年，一直固执地认为男人将情感肆意表达是廉价的肤浅，欺人欺己，执念地习惯于将最深的情感收起，化作流水一样真实而自然的实践。

记得在天台上你说过，有些花样还是要搞一搞的，女孩子还是很受用的，可也许这样的女子本就入不了我的眼，因为我所造的浪漫和剧情本就是电视剧里没有的。

也许，多年后早已物是人非，但今晚的这种感觉以及你带给我的感觉，想必我会一直记得。

霍超　清晨6点

这封信我看了很多遍呀，一会儿开心一会儿不开心，像是在表白，可是又像是在告别，到底什么意思呀？就这个问题我把闺密都折磨疯了，她最后说："别管他什么意思，你等着就好了，他之后找你，自会说清楚的；不找你就是告别，就这么简单。"

我喜欢夏天的午后、秋天的傍晚和冬天的清晨。霍超做了一件我期待已久的事，对我表白。

只是附加的事件让我很苦恼。因为我对爱情的纯粹度要求很高，并不喜欢拖泥带水的人，而他在对我表白的同时，又提到了他那个前女友，而且他们分手后她一直对他纠缠不休。

我的态度很坚决，说："放不下就对人家负责。"

他支支吾吾地说："还是愿意跟你在一起。"

我说："那你就分得彻彻底底、干干净净再来追求我，不然对谁都不公平。"

他走前对我说他会处理好，要我等他。

第二天早上我看到他发了一条朋友圈——一张去香港的机票。我对闺密说了这件事的前因后果，闺密说："这事办得还算是个男人，起码知道负责。"

两天后他又发了一条朋友圈，他回来了，但是他的走和回来都没有对我说，只是发了朋友圈。

闺密说："这个男人可不简单，心机有点儿深，你根本不是他的对手。"

我说："一个谈恋爱干吗搞这么复杂，行就行，不行拉倒，斗来斗去的有啥意义？"

闺密提醒我："你忘了他在天台上对你说的，爱情也是一场博弈吗？谁这样想问题，他的三观都有问题。"

而我，并没把这些放在心上。我想，也许他是没有安全感吧。

我们这样互不联系的状态撑了有一个礼拜，那几天对于我来说真是度日如年。我有点儿觉得他是在吊我胃口。

他终于发了信息，约我去喝下午茶，还说了一句："都解决好了。"

我说:“本就没有分不了的手，也没有什么纠缠，分不掉的都是双方不果断，而且既然不选择在一起，耗着别人也不地道。”

这件事的解决对于我来说，就像卸下了一块石头，我心里默认给他追求我的机会，他也顺理成章地约我见面、吃饭、看电影。

有一天很晚的时候，霍超给我发了一条“在干吗”，我当时和闺密正在微信聊天，因为我和他的发展感觉很累，心很累，总觉得这个人有什么怪异的地方说不出来。我对闺密说他给我发信息，闺密给我出了一个主意，要我发一条“想你呢”，等他给我回复“我也想你”，就立马给他打电话。我不理解闺密为什么要我大半夜这么做，闺密说:“你想不想搞清楚怎么回事吧?我来帮你做这个决定。”我说:“想。”

然后，他真的给我回了句“我也想你”，我就立马将电话拨了过去。

他居然没接。

闺密发语音跟我说:“我大天蝎的脑子可不是盖的，你看，这么简单就试出来了。”

我问这是为什么，明明刚刚还在发信息，总不能秒睡了吧?

闺密冷笑了一声:“呵呵，只有一种可能，旁边有人呗。”

我没有搭话，只是说:“要不我再打一个吧? ”

闺密说:“他不会接的。你要是不甘心，就再打一个，打到自动挂断，他如果这个还没有接，今天就没必要再打了。”

“而且，明天你不要问他这件事，等他自己跟你说，无论说什么，你都简单地‘嗯’就好，当什么也没发生。”闺密又补充道。

第二天一早八点半，正是他出门上班的时间，他的电话就来了，我其实心里是很生气的，不想接，但是我内心还是想听他的解释。我接起来听到的第一句就是：“昨天给你发完我秒睡了。”

这句话是我最不愿意也是最怕听到的，我心里已经有了答案。

我若无其事地应了一声：“嗯。”

他这一天对我很殷勤，真的像人们常说的那样，做了亏心事后对爱人格外好，以弥补他内心的愧疚。

我和闺密分享了他的说辞后，闺密说他的表现就是没理了，而且怀疑他就不是什么单身，一定是有女朋友。我说他常年自己在家，晚上也经常给我语音说话什么的，也许他上次去解决问题后，那女的不甘心来找他了吧。闺密还是要我再观察观察，不要往下陷。

我生日的那天，霍超买了一大束花送给我，还带我去了一家很高档的餐厅，为我庆生。

我一脸嫌弃地问他：“你不是说不喜欢送女孩子这些花儿呀朵儿的？现在干吗？”

霍超腼腆地笑了:“该搞还是要搞的，而且我还有其他惊喜。”

晚餐结束后，他并没有送我回家的意思，而是突然拉着我的手，说想带我去一个地方。其实，我还是有些许期待的。他带我来到一家他平时常一人独自来的酒吧。这里人不是很多，装修得很别致，灯光比起工体旁边喧闹又人潮涌动的夜店来说，真是闹中取静的一处桃源。他说这里的鸡尾酒很有名气，尤其那一杯我最中意的威士忌酸，酸苦适中，略带甘甜。霍超熟练地向服务员点了几杯龙舌兰，这酒之前我也听说过，以墨西哥的最为出名。此酒性烈，每喝完一小杯，五官都几乎要扭在一起，酒精从我的喉咙下咽，一直燃烧到我的心间。一杯、两杯，一酒盘、两酒盘……很快，我俩就在推杯换盏中不知不觉喝完了一整瓶。最后，可能是我跟他都适应了酒精度数的原因，酒倒不显得那么猛烈了，反倒是喝出了几分甘甜，喝出了几分情意绵绵。我们沉醉在酒吧的爵士乐里，酒水很自然地从唇齿间流进胃里，我与他的故事，仿佛在这你来我往间，在烈性龙舌兰间，更显得炙热。

我们两个摇摇晃晃地从酒吧出来，霍超拿起手机一直拍我。第二天一早我们才打开昨晚拍的视频看，因为我们连怎么回的家都不记得了。镜头来回晃着，我穿着淡粉色的绸缎露肩长裙出现在镜头里，我光着脚走在马路边，边走边笑着对他喊着:“生日好开心，你知道吗，我一直想光着脚踩在马路上走!

北京的马路居然一点儿都不扎脚！我们喝了一整瓶呀。”他在视频里指着我：“不是不是，还留了个底儿，酒存了，哈哈哈。”他也脱掉鞋子陪着我走，我摇摇晃晃地笑着他脚丫长得没我好看，还把手里的鞋子甩飞了。他晃着去帮我捡鞋子，路过的行人回头看着我们，我还和他们笑嘻嘻地打招呼。

这段视频看完，我一脸尴尬地看了他一眼，他说：“没事儿，挺可爱的。”

霍超一直想带我去旅行，于是我们买票去了乌镇。那里很安静，古色古香，环着小楼有很漂亮的河。我们第一次一起拍照，在一条特别窄的巷子里，我们俩找了一个路人帮忙拍的。我靠着一边墙，他靠着另一边，我们面对面，伸着手，手指没有碰在一起。他给我们这张照片起名字叫“前世今生”。

我们进了一个古宅子，厅堂中央放着两把椅子，两边是红色的柱子，布置就像过去的夫妻一人坐一把椅子拍结婚照一样。他把手伸过来拉着我，我心里一直想说，那一刻，他和我好像结婚了，而且我们两个真的有夫妻相。

从乌镇回来后，我们的感情似乎更亲密了，我不太担忧什么前女友的问题了，我觉得他对我很用心，那些会自然消失的。

于是我提出在放假的时候，和他一起回家乡。他带我出来玩的那天，我决定带他见我父母，一起吃饭。他有些紧张，说：“我什么都没准备。”于是拉着我着急忙慌地去给我父母买见面礼。我们去父母订好的酒店吃饭，他见了我爸妈有点儿害羞，不过一直笑嘻嘻的。我爸从家里带来一坛好酒，我家有很多藏酒，爸爸对他说，这瓶酒是他打算用来招待未来女婿的，家里的那些藏酒也是打算在我结婚的时候拿出来送我出嫁的喜酒。

我看他有些激动，眼圈有些泛红。他一直恭敬地感谢我父母以这样的礼节对他，并向他们保证会一直一直对我好。父母希望我们尽快完婚，这些他都应下了，那次的午饭吃得很特别，我第一次意识到自己长大了，并且找到了一个可靠的好男人。

他对我也越来越好，回到北京后更是三天两头地来找我，在生活上也特别照顾我，我生病的时候他一夜一夜地不睡觉，守在我床边陪着我，一趟一趟地跑来跑去给我换毛巾，调节房间温度，打蚊子，拍着我的后背哄我入睡……他付出了很多辛苦来兑现他对我父母的承诺。

他的家离我家挺远的，每次来找我都要穿过五环，而且白天我家这边比较繁华，会很堵车，他工作一整天，还要开车来我这里带我吃饭，有时候堵车要两个小时，但他一直在坚持，从来不让我累着。他说："堵车的路上虽然很累，但是见到你，或者你在车里，我堵再久也开心。"有一次，他说漏嘴，在我们初识的时候，有一次我下课他要接我去吃饭，吃完饭又送我回家，那天路上很堵，他说："那次送你回家我是故意找了一条最堵的路走的，就是为了多和你相处一会儿。"

也许我本就是个很敏感的人，总是对他有一丝怀疑，因为我发现他和我在一起总是有一些行为很难解释，比如他的手机总不离身，一进洗手间就很久，而且我没有见过他任何一个朋友，甚至他的家人他也很少对我谈起，就连他家我都不知道在哪儿，单位我只知道名称，他也没带我去过。对于这些问题我一直很纠结，我和闺密谈论这些的时候，闺密还是在提醒我："人怎么可能没有交际圈，谈恋爱你都不知道他住哪儿，而你的一切他都知道，这正常吗？"

其实那次见父母的事情，也是我和闺密商量好的，我们决定突然对他说这个事情，如果他表现得很开心并且马上准备，就说明他很坦荡并且真心喜欢我。可偏偏他表现出了我和闺密最怕的那个情况：很慌张，眼珠在眼睛里快速地晃来晃去，在去买礼品的时候他一路咬着手背，话很少，所以，我很害怕他有事瞒着我，我只能一次次小心翼翼地试探。

每一个见不到他的日子我都在胡思乱想，每次他长时间不回复信息，我都过得很压抑。我想问清楚，但又觉得难以启齿。

有一次我们去超市买东西，我听到他电话响了，他拿出来看了一下就挂掉了，这一幕被我看在眼里。逛了一会儿电话又响，他又把电话挂掉，我直接问他是谁，"同事。"他答。我一脸不信地看了他一眼，不再说话，他自己追上来说："是她。"

我说："你不是说清楚了吗？"

他说："所以我没理她，给她挂了。"

我反驳道："既然说清楚了有什么不能接的？直接接起来问什么事就好了啊，这样算什么？"

他一脸委屈地说："我也没想那么多。"

我在路上就和他吵了起来，回到家继续和他争论，我说："我和你在一起的前提是你单身，这我一开始就说了。你要是放不下，你就继续交往，不要来祸害别人家姑娘，你要是不想谈了，就彻底说清楚讲明白，不要脚踩两条船，而且你知道啊，在我的世界不允许有这种拖泥带水的事。"

他急了，说："她也很可怜，要来找我，我以前跟她分手把行李都丢出楼道，什么狠事都做过。她都给我下跪了，而且我之所以不再那么狠，是因为她自杀过，我是她的初恋，我不想做得那么绝。"

我气得跳起来："既然你要当好人，既然她这么可怜那么可怜，你干吗来招惹我？这是我造成的吗？你们怎么样关我什么事啊？而且是你要追我的，追我的时候又说有前女友，我当时也说了啊，要么回去跟她在一起，要跟我在一起，前提必须是单身啊。"

他的表情有些动容，声音软了下来："你把我说成什么人了？我怎么就不是单身了？"

我说："单身你这么多破事，没完没了地掺和这么多事干吗啊？"我顺嘴把跟他在一起后，从来不知道他的朋友是谁、家在哪里这些问题全部说了出来。

他说："我真没有想这么多，几乎一有空就来陪你。"

我丢出一句狠话："什么是陪？陪出这么多事来？你有什么资格做我男朋友？"

最后他急了，甩了一句："我真是跟你说不清楚，气死我了。”摔门就走了。

我给闺密打电话连骂他是混蛋，闺密一直没说话，只是听我像机关枪一样发泄完牢骚和谩骂后，说：“别生气了，你真的这么在乎他吗？你那些疑问有没有对他说？”

我说：“我全都说了，但是什么答案也没有，他最后走了，肯定是找那个前女友去了，那两个电话说明人家来了，我就看看这周末他找不找我。”

北方的城市什么时候变得这么多雨，好好的天气就这样淅淅沥沥起来，我给窗台上的小花儿浇了水，打开窗户换换屋子里的闷气，雨从纱窗扫进来了一些，屋里的空气瞬间变得很潮。我将灯关掉坐在窗前，对着天台发呆。

我们第一次约会就是下雨天，第二次他送外套给我还是下雨天，今天吵架又是下雨天。想着这些，我鼻子一阵泛酸。

第一次带他来这个天台，他从我脸上掠过的眼神，是那样腼腆而动情，可是，那双明亮的眼睛后面隐藏着的阴影，我无从知晓。

霍超，你到底怎么回事？

第二天，依然在下雨。晚上十点雨还是没有停，我实在憋闷，开始在窗边画画。可我听到了楼下一声咳嗽。

夜里楼下的动静是很清晰的，我拿余光看了眼楼下，在我窗户对面的街边上停着一辆黑色轿车，驾驶位上有个人，穿了一件白色衬衫，看轮廓很像他。他的脸冲着我的方向，分明是在看着我。我假装没有看到，躲在一侧观察，确认他就是霍超，他为什么会出现？而且既然来了为什么不上来找我？他是什么时候来的？我一直在窗户边上躲着，他下车了，用手遮着额头，雨下得不算大。

这几分钟是我最难熬的，我不知道该不该叫他，或者假装不知道他来过。

我站起身继续出现在窗前，继续画画，我画了多久，他就在下面站了多久，后来我实在画不动了，心里很乱，其实，我很想他，是我想见他。

我倒在床上，思绪很乱，脑子里出现的都是初见他时的画面，我和霍超是在一次登山活动时认识的。活动是闺密哥哥组织的，来的男生都是高才生，清华、北大、人大毕业，工作也都在部队、国企、央企或者有自己的企业，个个年轻有为。我随身带了一个笔记本，为了路上记录一些好玩的事情。我们大概二十多个人，包了一辆大客车，我去得比较晚，车下站着几个男生在抽烟聊天，闺密看到我后，大嗓门儿一喊，其他人眼光全部往我这里看。

有个在电视台做主持人的男生担负起了活动的组织者，说要大家挨个儿报姓名、工作、星座什么的好互相认识一下。这个组织有一帮固定的驴友，都爱爬山。

在我报完我的家乡后，旁边坐着的一个男生跟我说："呀，老乡啊。"他笑着伸出手，"我是霍超。"

启程后大家聊着聊着车里就慢慢安静下来。

霍超坐在我身后，我回头看到他塞着耳机闭着眼休息。这是我第一次和很多陌生人一起爬山，感觉还不错，心里比较期待。

到站停车的时候，大家拉着横幅一起拍照，只有一个很帅的男生不拍，有人起哄说了句："他是处女座。"

我心里想，我也是处女座啊，真是走到哪儿被黑到哪儿。

专业登山领队要求男生与女生穿插着爬，可以互相照应，然后带头去寻路，我们就在后面跟着爬，闺密在我的前面，霍超在我的后面，我们为了保存体力都没有说话，直到闺密爬不动了要休息的时候才停下，我说我陪她，让大家先上去。她坚持不用我陪，后来有一位部队的男生说陪她，便由他负责陪闺密休息好再追我们。

霍超偶尔会在我身后说："小心小心。"

我们就这样喘五口气说上一句话地爬了一个小时，队伍也分成了三四段，前面的拿对讲机喊话要大家休息一下再走，我坐在地上大口喝着水，男生们更直接，把水直接从头浇到底。

我们再次启程的时候，霍超一直在我身后护着，我的水装多了，背包比较沉。水在背包两侧外面插着，我是在爬的时候无意中发现霍超悄悄地把我的两瓶水抽走放在他背包两侧的。

队伍里有个女的很娇气，一路上在前面咿咿呀呀的，每当她发出一声尖叫或者和后面的处女座男生撒娇的时候，霍超就在我身后一阵唏嘘，并用家乡话跟我说："真服了。"我说："你们直男听见这种吱吱哇哇的就很烦是不是？”

他说：“只是有点儿恶心。”

我们登顶的时候已经是中午了，大家坐下开始吃东西，闺密和这些人认识得比较久，好几位都是她哥的同学，她叫我过去和大家聊天，我不想说话，就想靠在一处休息会儿。我找了块大石头，拿出饼干边吃边欣赏周围的景色，真的很美，阳光穿过叶子，投射的光影很梦幻。

我转头看见霍超也一个人坐在那里，他好像在看我，就在我和他眼神即将碰在一起的时候，他把头转开了，站起身朝闺密那边去了。

我慢慢闭起眼睛，塞着耳机听歌，但我闻到了火腿的味道。

睁开眼睛后，霍超拿着一根火腿在我眼前晃来晃去，说：“吃点儿肉，这么瘦。”

大家要在这块空地上做游戏，处女座男生在我右边，霍超在我左边，而我的鞋子脏得很让人尴尬，白鞋子已经变成了黄鞋子，上面全是土。处女座男生有洁癖，我看他的鞋子也是白色的，而且很干净。

他发现我在看他，低头看了一眼我的鞋子，没说话，只是掏出一包湿纸巾给我。

霍超坐我旁边也一直盯着我的鞋子，抿着嘴巴笑，就像一位兄长。我开玩笑似的瞪了他一眼。

下山的时候，主持人负责分组，我和处女座男生分在一组。

走的时候我回头看了一眼，我看到霍超也隔着人群往我这边看，处女座男生很绅士地伸出手拉着我手，跟我说："走吧，这里慢点儿，你踩着我的脚印走。"

我们俩的速度很快，几乎是跑着下来的，但是我很惊奇，这个香港男生确实超级自恋，而且是我不反感的那种自恋。他一路上就像照顾小朋友一样牵着我，但也很注重礼节，走了一半他说："我们休息会儿，等等后面的人。"大概二十分钟后，霍超拉着别人的手出现在我们面前，拉着的正是那个娇气女，我当时一直在远处看着他笑，我想，这一路有他受的了。

他们下来后，霍超很自然地和我说话，而且再走的时候死活不跟那女孩儿一起，就站在我身边，处女座男生坐在大石头上看着我们，看他的眼神，好像也不愿意和那个女孩儿一起下山。

霍超长得挺帅，只是个子只比我高半头，而且他戴了一条金项链，我一直在嘲笑他。

霍超不爱跟其他人聊天，除了跟我说几句就是闷头走路。

我们再出发的时候，霍超很自然地跟我走在一起，处女座男生眼睛在我这边停留了几秒，就自己下去了。

一天下来大家都很累，所以不去聚餐了，顺路的男生们会开车将女生送回家。队长一个个问，一个个安排，男生们几乎都开车了。问到我的时候，我并不打算让他们送，就说还有其他事，自己回去就好。霍超在我要走的时候问了句："你去什么方向？"我说："没事儿，我自个儿回去就行，再见。"

回家后我上群里看了下，有七八个男生都在加我，其他人我都能对应上，只是霍超好像没有发申请，我还纳闷呢，这老乡不加谁也不该不加我呀。

我们每个人的生活似乎从那天抽离，又步入了正轨，我也将群里的消息设置成了免打扰模式。有一天中午工作结束，我翻看群里聊天，才确认了哪位是霍超，回头查找申请才发现，那天他是第一个发申请的，只因为没有头像，我才不知道是他。

等我通过了第一句发给他的就是："真行。"

他在微信里跟我打招呼，说话也不像那天爬山的时候总说点儿好笑的。

简单聊了几句我们就各自吃饭了。很奇怪，他总是半夜零点以后给我发一个歌曲推送。我晚上睡得晚，有时候半夜发状态，他都会在不久后给我推一首歌，或者说一句"猜你是位艺术家，作息这么不规律"之类的话。

他的动态很少，我也不知道为什么总关注他。他戴着一副眼镜，走路有点儿外八字，衣服虽都是一线品牌，但款式都很低调、简单，给人很稳重的印象，除了那突兀的金链子。

他发了一条要和兄弟去泰国的朋友圈，照片在机场，也给我发信息问我有没有需要他带的东西。我说给我讲个笑话就好了。他问讲不出来呢。我说那我让老天爷现在下一场雨，让他的飞机晚点。

他给我讲了一个冷笑话，我就睡觉去了。等我醒来的时候他给我发了六七条信息，都在说："你是小巫婆吗？飞机晚点了知道吗！人呢？现在下这么大的雨，你能不能收一收法力？"

我看到外面黑压压一片，这才下午啊，难道真的嘴巴开光了？

我跟他说："小仙女刚才睡着了，忘了收法，现在元气大伤，只能看运气了。"

北京今年总是在下雨，我闷在家里，唱了一首《安河桥》。第二天我刷朋友圈，看他转发原版的《安河桥》，并写着："这样的夜，喜欢上这首歌。"

我莫名的紧张，伴着小兴奋，他是不是有点儿喜欢我？就是这个想法，冥冥中一直牵引着我们走到了今天。我起身向窗外看了一眼，他还在那里站着，我，真的有点儿想他了。

我带着伞，披了一件雨天最喜欢穿的深灰色长袍，把凌乱的头发顺手盘在头顶，在黑暗中穿过两栋楼，从他的身后出现。他此刻还在望着我的房间，表情有些着急，皱着眉头，时不时地踮起脚，轻轻地叹气。

我从他车前绕过，走到他面前，他浑身湿透，瞪大眼睛看着我。我本来很生气的，一路上也很忐忑，不知道要怎么开场。千言万语，结果我只对他摆了一个笑脸。

他双手很慌乱地晃来晃去，磕磕巴巴地用平时关心我时严肃的语气说："你怎么出来了？多冷啊！"

明明我们在闹别扭，但见到他我打心里开心，所以，我只对他笑。

他赶紧上前将我护着："快回家，我马上就走。"

我说："你去哪儿？"

他停顿了一下，快速擦了擦额头上的雨水，声音有些哽咽："我回去了。"

"大半夜的站我楼下干吗，走，回去喝杯热水再回。"我说。

他还在扭捏，我一把拽着他就往家走。

回到家我倒了杯热水给他，转身就躺下了，他就坐在床边看着我睡。

这样的陪伴方式，似乎成了我们的习惯。

夜里，我知道他一直在慢慢地拍着我的头和后背。我长期睡眠不好，他这样做会让我睡得很踏实。

一早我睁开眼睛，他靠在床头，眼睛里红血丝很多，样子很疲惫，想来，整夜都没合眼吧。他给我整了整被子，身子俯在我面前，嗓子沙哑地挤出三个字："对不起。"

我摇摇头，把他的手臂压在头下，像小猫一样用脸蹭了蹭他的手。

他将干裂的嘴唇撑开笑了笑，摸着我的脸说："你可真是个妖精呀。"

我说："我是义妖。"

他皱着眉问："这是什么话？"

我说："土匪有义匪，而我就是义妖。"

他扑哧一下乐了，眼神又恢复了认真，这个眼神，红得那么灼热，满眼的宠爱。

我们的感情又恢复了原有的快乐，他在这段时间给我解释了为什么见不到他的朋友。因为在北京他的朋友只有一个，还回老家结婚了。还有两个大学同学，都不在本地。那次爬山组织的那帮朋友，有几个相处不错的，只是平时很少出来聚，都是有空了大家出来运动运动。至于家在哪儿，他说今天就带我去，还说要为我下厨。

我把这个好消息告诉闺密，闺密说："这还差不多，这个霍超就是个属核桃的，时不时敲打一下才能踹出来点儿东西。要是真的选择这个男人，你可要自己操心呢。不是说他花心，而是他做事的方法和心思太深，一件简单的事总是七绕八绕的。"

霍超的家很干净也很宽敞，大落地窗外面是个公园，景色非常不错。他兴奋地给我介绍着沙发上面挂的画、家具和地砖都是他自己亲手挑选的。他主动打开衣柜给我看，说:“看吧，我真的没骗你，就是我一个人。”

只有一样东西，让我看着很不舒服，就是沙发上的大抱枕。这个抱枕，在我最早搜索蛛丝马迹的时候出现过，这是他前女友的。我盯着它没说话，他看出来了，说:“这个嘛，我就是觉得枕着舒服，所以没扔。你要是不喜欢，我扔掉它。”

那晚，是我认识他以后过得最舒心的一晚了。我这才觉得我们的关系真正步入正轨了。

第二天，他带我去他的公司，去参观了他们的车间，很酷，全是重型机车。

我回家第一件事就是和闺密分享我喜悦的心情，闺密也替我开心，说:“这个男人真是别扭，明明好好的，为什么做事总是拧巴呢？”

我说:“可能性格就这样吧。”

他终于开始在社交软件上关注我。但是在此期间，我出于预感，点开那女孩儿的微博，她确实在他关注我后发了一些文艺青年常常说的似懂非懂的话和照片。我和闺密说:“那个曾经不起眼的女人就是他的前女友。”

闺密说:“无所谓，重要的是他的选择。她不好好说人话，你可别这样，太肤浅了。咱们上学的时候才爱发些玛丽苏的文字，这个岁数了，谁还这样矫情。”

我们的关系刚刚好转，霍超有一天突然跑来说："她又要来找我了。"

我说："不见不就完了。"

他说："她人生地不熟的，真要对我开口，我不能不管。"

我就说："要警察干吗啊，她没父母吗？既然在这里待不了就回家吧，干吗还来这边？"

他过来拉着我的手，像是哀求我："我不是那个意思，她说要来北京发展，所以让我帮她找找房子。"

我真的要疯了，为什么这么久了，这个问题还存在。

他很痛苦地说了句："就给我一点儿时间，你别逼我好不好？我会处理好。"

我被他噎得一句也说不出。我觉得霍超的三观有问题，所以决定不再与他纠缠。我下车时他追出来——之前他给我买了一个 iPad——他将礼物塞到我怀里，我又推给他，恶狠狠地说："我只接受我男朋友的礼物。"

他听到这句话的时候似乎要哭了，但我头也没回地走了。

回到家我就大哭一场，这是我第一次为他哭，我不想再受这样的折磨了。回想一下，我们在一起没有连着一个礼拜完整地快乐过，总是过几天就有一档子事，长期下来太崩溃了，心太累了。

我们之间的这次冷战期长达半个月，他会在半夜登录我的一些社交软件，上面有访客痕迹。但我看到这些非但没有开心，反而更生气。

直到一天早上我看到微博，他前女友居然关注他了，这说明他们和好了？我觉得自己被深深地伤害和玩弄了，所以将霍超的微信和所有关联的软件全部拉黑。

霍超在被我拉黑的第一时间就开始疯狂打电话，他发现了我对他取消了关注，难道他一直没睡觉吗？我把他的电话也拉黑了，抬脚我就出门了，不想见他，我知道他一定会来找我。

我出来后他就再没有电话轰炸了，我在咖啡厅坐了一整天，晚上回家的时候环顾四周并没有看到他的车，回家后我没敢开灯，坐在黑乎乎的房间里。我突然觉得自己很无聊，为什么要躲他？要躲也是他躲我，我又没做错事。于是我打开灯，该做什么做什么，也就十分钟，我家的门被敲响了。他一直在外面叫我名字，我没有开门，于是我们家的楼道门被他砸得哐哐响。

这样坚持了两个小时，他一会儿在楼下喊我的名字，一会儿又跑上来敲门，我觉得这给邻居造成了很大的生活干扰，于是我开门吼着问他："你到底要干吗？"

他一副很受伤的样子，说："可不可以给我几分钟时间，让我和你解释。我把她赶走了，而且说得清清楚楚、明明白白。"他拿出手机给我看，她已经取消了关注，说明他们吵翻了。他一直耐心地解释和哄我，我跟他说："这是我最后一次听你提你这个所谓的前女友，再出现一次，就请你从我的世界消失。"

我们前前后后因为这件事情分手太多次，真的厌烦了。

春节假期，我们一起回到了家乡，我以为他会叫我去他家里，按正常逻辑，他见过我的父母，怎么也该安排我见见他的家人了。可他却只字未提，但他会当着他父母的面和我视频，只是不说话。他在除夕年夜饭后叫我出去，我们开车在雪地里前行，车胎碾轧着厚厚的雪，发出很响的咯吱咯吱声。他一边开着车一边握着我的手，路上的行人很少，就在我们你侬我侬之时，一段下坡路，地上打滑，他慌乱中冲到了电线杆上，猛力冲击那一秒时间，他放弃了控制汽车而是将身体快速向我这边扑过来，双臂抱着我的头，用身体护住了我。

他声音颤抖着大声问："有没有事？有没有磕到哪里？"我被吓到一直说不出话来，他开始从头到脚检查我的状态，确定我没有受伤后，他拍着我说："别怕，没事儿了。"

他下车去看车，我也跟着下来，车盖已经凹陷，保险杠也掉了，我担心地看着他，他突然乐了："人没事就行，你把眼睛闭上，我有惊喜给你。"

那晚的雪太大了，能见度也就几米，我听话照做，闭起了眼睛。

他将我带到一处开放公园的空地，然后哆哆嗦嗦地从车的后备厢里拿出两个大箱子，摆出了好多礼花。

最早我和他聊天说过，希望有人可以为我一个人放烟花。

我眼睛有点儿湿润，他蹲在那里怕被炸到，总是点一下站起来就要跑。风太大，总是点不着，他不得不再次蹲下，反反复复，终于成功了。他冲向我，身后的礼花在暗黑色的天空绽放的那一刻，他脸通红地向我展开双臂飞奔过来，拖着长音喊着:“过年好，我爱你，真的好爱你。”

我将冻僵的手也放在嘴边喊:“我也爱你。”

那晚，我们放完了所有的烟花，他居然能将破破烂烂的车开回家，一路上叮叮咣咣、哗哗啦啦的声音。我们开得很慢很慢，在车里一直笑，他说:“咱这个年过得好，有响儿。今年我打算把公司开起来，就以你的名字命名。”

可好景不长，他之前说他陪家人去澳门，而在他回来没几天，他的前女友发了一张澳门的照片，我就知道事情不是他说的那样子。我回想起他在澳门的那段时间，总是不能第一时间回复我的信息，我以为他在陪家人，不方便总抱着电话，所以并没多想。

等我再与他见面时跟他争论这些可疑的细节，他还是老样子，车轱辘话来回说，也解释不出个所以然，气得我对他说出:“你走吧。”

他摔门而出。没一会儿他前女友又将状态删除。

只是，我已经对他彻底彻底绝望了。

这一系列的纠缠让我很累，我总觉得我们不是两个人谈恋爱，所有的争执都和另一个人有关。

那夜，我高烧38℃，一个人挨过了漫长的一夜，我知道我们结束了。我们这次冷战将近两个月。

有一天一大早，快递给我送来一封信，看来信地址，是霍超的：

当你打开这封信的时候，我已经离开了北京，这里有你我太多的记忆，一起走过的路、一起塞过的车、一起唱过的歌、一起看过的雨，这个夏天下了太多场雨，是最多的一年，你曾经对我说“下雨天就会想到你”，这句话我会记住。

我曾经说过我不会轻易爱上一个人，也很难忘记一个人，可能经过这些天，你已经忘记我了，回归了一个人的生活，可我不能，我做不到，这也是我离开一段时间的原因。累了想回家看看，如果有时间我会去一趟草原，去找你想听结果的那个故事。有些事情即使不如初，但也还是要做。

回头想想，其实你并没有那么爱我，但爱情本就是感性的事，我没有后悔过，说句真心话，我曾经很爱你，把这句话告诉你也没什么，爱一个人又不犯法，说出来也不丢人，不是说谁先说出口谁就输。其实当两个人动了感情的开始，就都输了，输给了缘分。

我不会再回头找什么旧爱，覆水难收，已经讲出的话就不可能再回头，但我也无法接受你说散就散、说不要就不要的爱情，当你那天讲出“你走吧”的时候（此处字已模糊），也许一切就已经结束了。

其实我不是你想的那么复杂的人，不然也不会七八年只谈一场恋爱。有时想想，人生无情都是赌气的话，人生若无情，那该多无趣，我不会忘记这个夏天，这个雨水沾满整个记忆的夏天，还有和你的故事。

就让你我的故事像盘棋停留在那里。

人生如棋，落子无悔。

有的，只是一段缘。

霍超，凌晨

我讨厌离别，更讨厌这样被动的离别。他的这封信，将我这十几天积攒的情绪都撕碎了，我心里多了一层恨，我将信件摔在地上，简单收拾行李，买好去南方的机票，抬腿离开了北京。

我给闺密打电话说："我们这次真的完了。"

闺密说："你俩完不了，冲他那做事风格才不会甘心失去你。"

我走了半个月，这半个月里没有任何动静，我每天都会想着他对我的种种欺骗，越想越恨，恨他也恨自己。

我还是偶尔上他的微博看看状态，闺密劝我说："既然放下，就真的放下，总看他状态，有什么意义呢？你连自己都控制不了，还想着控制一段感情和别人吗？"

在我打算回家的前两天，他终于在半夜两点时给我发了一条信息："我想你。"

本来睡不着的我，看到这条信息，很安心地睡着了。

他开始不分时段地给我发信息、打电话，越来越频繁。闺密说："别再理他了，事情总解决不了还缠着你。"

我不想继续重复那样好三天吵一架的日子，而且不开心的原因全是一件事。

我买了回家的机票，早晨的时候他发信息说他在医院，求我接电话，哪怕两分钟也行，闺密说："他真要有事，还有闲工夫发这些？摆可怜给谁看？再说了，你之前受的苦还不多吗？凭什么他要你出现你就出现，你需要他的时候，他怎么那么无情地对你冷暴力？"

我感觉谈这场恋爱掉了我半条命。我登机前看了一眼微博，吓了我一大跳，就在昨夜，他从家乡开回北京的途中出车祸了。昨夜下了很厚的雪，他走的是二级路，车子在路上打滑，撞在盘山道的护栏上，车子前盖全部卷了起来。

我一目十行地看着这些恐怖的记录。

他说，昨夜撞车后，路上没有车，他快要冻死了，在找工具的时候，发现副驾驶车座下面有我的一副墨镜，他握着它绝望地蹲在路边哭。

几天后我回到家，打开窗户，窗台上小花死了一株。我收拾好东西刚躺下，就听到了敲门声。

我心里咯噔一下，不会吧？

真的是他。我回来时候没有看到他的车和人，从哪里跑出来的？我并没有理他。他发信息求我见面，我将手机扔一边。

他难道不上班的吗？大下午的跑出来？

他疯狂地给我发短信，换着手机号给我打电话，敲门，砸门，大喊。

外面下着暴雪，他一个人就那么跑来跑去，站在窗下冻给我看。

我坚信他并不知道我在家，或者我假装自己不在家。我坐在床边一动不动地任由他折腾。我想，今天无论如何打死都不能给他开门。

他将防盗门用拳头砸得很响，像疯子一样，我有些害怕。我眼睁睁地看着他在雪地里站了两个多小时，他的身体越缩越小，像个可怜的小孩子。

我几度动摇，拨电话给闺密，闺密劝我，要我想清楚自己想要什么，即使放他进来又能说透什么？事情能解决他早就解决了，给了他多少机会了，结果呢？每次这样折腾，然后谈判，最后结局呢？他还是觉得前女友可怜，既然可怜就去找她啊，干吗来纠缠别人？

我一时语塞，等我缓过神儿来，说："他变了。"

闺密叹了口气，说："其实，我一直不忍心对你说，不是他变了，是你看他的方式变了。"

天色开始暗了，我算了下时间，他已经在外面折腾四个多小时了，今天北京确实很冷很冷。

他在雪地里，而我也随着时间的流逝越来越难过。

他已经发了六十多条信息了，都是要我跟他回家，或者有很重要的事要跟我说、请求我、道歉，从大道理到讲感情，涵盖了我所有的委屈，他都在这些信息中为我平反了。

他说他之前之所以唯唯诺诺是有一个重要原因的，他不告诉我是怕我离开他，自从那天车祸的夜里死里逃生，他发誓如果能平安回来，一定要给我个交代，所以请求我给他一个说话的机会。

直到晚上九点，霍超在门外的声音开始变得发抖，一直在请我开门。

他在门外面絮絮叨叨地自说自话，有时候还在哭，有时候动作有些过激，然后很用力地拽我的门把手，他越说越着急，而门里的我如同空气一般无声。

在雪地里冻了几个小时的他，加上几个小时门口的乞求，霍超的情绪开始不受控制，他最后对我说出："开门吧，不然我踹门了。"依然得不到我的响应，他在门口叹了口气，然后重重的两脚就将门踹开了。

面对巨大的声响，我肩膀都没颤抖一下，背对着他不说一句话。

他坐到我一旁的床边，调整着呼吸，片刻后，很温柔、很小声地说："饿不饿？我给你点些吃的。"

他一只手颤抖着轻轻搭在我的肩膀上，说："我知道这段时间你很不开心，我以前总遮遮掩掩的，让你没有安全感，不是因为我欺骗你，而是我有苦难言。”他停顿了一下，似乎想等我问他，但我还是不说话，他继续说：“前几天我在回来的路上出了车祸，险些送命，那晚没有一个人能帮助我，车也开不了，我在雪地里想起你，那一刻我难受得要死，我不想失去你。我蹲在雪地上一根一根地抽烟，觉得我真的对不起你。我有一件事一直不敢跟你说，就是，我离过婚。”

我听到这些话一点儿都不觉得惊讶。我承认我是个很敏感的人，平时一点儿小事情都可能让我暴跳，但是每到这种大事情上，我总是能很淡定地接受，也许是反射弧长吧。其实我听到他的这个解释，反而觉得轻松了，因为，这么久的内心折磨，今天终于知道了它的源头，对我是一件好事。

他将手慢慢从我身上滑落，将脸埋在手掌里继续说：“我不说，是因为你太优秀，我怕说出来，你觉得我配不上你。其实我很多时候想着，对你说了吧，这样早死早超生，我是真怕失去你，你要求那么高，怎么会接受一个不完美的我？我自私地认为，哪怕多一天拥有你也好，我对你的爱是真的，这件事一直憋在我心里。我嘴里的前女友，其实就是我的前妻，因为我们离婚时候是协议离婚，房子在结婚时写的是她一个人的名字，这个手续一直没去过户，上次她打电话来，就是来和我谈，她想复婚，是我一直不愿意，她就不把房子过户给我，我真的一直在努力。而且我们既然能离婚，就是因为不可能了，我的心早就死了，我们的婚姻一点儿都不幸福，从头到尾都是我一个人在辛苦地维持这个家，她什么都不会做，也不愿意做，就连房子装修都是我一个人盯着。我曾经工作没有现在这么自由，经常因为房子装修而请假，不仅工作受影响，我的身体和心里也都吃不消了，但她并不关心我，还总说我不陪她，对她不如从前，却不曾关心我是否累了，工作是不是顺心。我也和她认真聊过，可是几天后又恢复原样了，我知道这也有我的原因，是我太宠着她了，但是后来，我发现我根本无力承担这些。”

他说到这里不说话了，点了一支烟，烟灰直接弹在我的地板上。

他以为我哭了，凑过脸来用手摸我的眼睛，而我的眼睛直直地盯着窗外，毫无表情。

他坐回原位继续说：“你说我遮掩，你说我不带你回家，你说我不带你见朋友，这些我都是为你考虑。我不想让任何人对你说三道四，更不想我父母为难你，没有人有资格为难你，因为你是无辜的。要挑毛病也是你和你的家人与朋友挑我的，而不是我这边的人挑你。我都能想到，因为我离过婚，家人怕我低人一等，肯定会在某些气势上唬唬你，也是怕我受委屈，但我不愿意，你什么都没错，凭什么要你来为我的过去买单。我不想因为我没有完全把事情处理干净而让你无辜地替我分担这些压力，这是我自己的事，我不知道该怎么来跟你说出我的这些痛苦，我也不愿意，也说不出口，我想要你没心没肺地跟我在一起，什么事都别管。”

他深深吸了一口气，哽咽着说：“你别生我的气，那天我觉得我要死了，真的很绝望，但就是在那个时候，我唯一的求生本能就是见你，一切都不重要了，所以我发誓，我能活着站在你面前，就要跟你做一个彻底的交代，如果你不愿意接受有这样过去的我，我也不怪你，完全理解你。你这么优秀的女孩子，恋爱都没谈几段，却碰上我这样离过婚的，说出去也不好听，你的家人肯定也不会同意的。我就是想来跟你说清楚，这样我也觉得轻松，这么久以来，我压抑着自己，周旋在我家、她家、你、我和你、我和她之间，我真的要崩溃了。”

我的心很疼，我心疼他，完全理解他，他的心那么重，这么大的事都憋着，还夜夜不睡觉地哄我、帮我驱赶虫子，只为了我能安睡。再想想我自己，也是从下午坐到现在，滴水未进，他讲话的同时，我一直在回忆着我们从认识到现在的每一次吵架事件，他每次让我怀疑的那些点，现在套用在这个说辞上，全部都解释得通了。我替我们都松了一口气。

我的眼泪开始成线地流，流到喘不上气、流到身体跟着剧烈起伏我也没有发出一声，他看我这样哭，心疼得脸扭曲在一起，眼泪同我一样哗哗地流。他蹲在我的腿边抓着我的手一直一直说着：“你别哭了，别哭了，对不起，对不起，对不起。”

他的电话响了，是他父母打来的，他站起来对我说：“我父母也希望我们复婚，但我坚决不同意，即使你不接受我，我的这段婚姻也必然死局，这跟你无关。我们离婚都快两年了。我先回家处理，其他的事你什么都不用管，安心画画，好好吃饭，我会再联系你，你可以不回信息、不理我，你现在要做的就是做好你自己，这些破事交给我。我再来找你的时候绝对是个堂堂正正、一切准备就绪并能给你未来和依靠的身份出现，不解决我也不会来打扰你的生活。所以，你别再为我哭了，现在对你来说不值得，我走了。”

他这一走，我回头再看看满地的狼藉，那天，我一夜未眠。

这些话这么诚恳，就像在水底泡了十年，终于浮出水面被消毒清理的那种豁达。离婚在这个社会已经不是什么新鲜事了，只要人品没问题，这些都不是问题。他这么在意我对他的看法，他是真的很在乎我吧。

第二天，我同闺密说了昨晚的事，闺密的反应和我一样如释重负，我们反而觉得他活得确实累，很可怜。闺密说这段时间我不用再折磨自己了，就像他说的，那是他自己的事，我也管不了那些，给他点儿时间让他整理好自己，再来的时候，我们就是另外一种状态了。

我内心，是盼着他像初见时，那么豁然和鲜衣怒马的模样。

接下来的日子我的画展也如期举行，还获得了一份安定的工作。他每天都会给我发信息，提醒我吃饭、睡觉这些琐事。有时候他会试着给我打一个电话，我也都会接，简单的问候，他和我说话也不像从前随心所欲地闲聊，很小心翼翼地传递着他的关心和想念。

这段日子，是我长久以来过得最舒心的一段时间，没有任何思想负担地生活。一切都在向好的方向发展。

霍超终于来了。

他见到我露出了那久违的笑容，我也对着他笑。他走过来抱着我，他衣领的味道很清新，我闭着眼睛享受着大地的味道，我也想好了，他能为我肩负那么多沉重的包袱，我也会为他赴汤蹈火，我们一起来面对。

许久后，他在我耳边说："事情算是结束了，她同意不复婚，但是房子手续需要两个月的时间才能办完，请你再等等，我来，是我太想见你了。"说着，从包里拿出两个红色的本子，是离婚证。我接过来看到了他们的照片，离婚证是折起来的，有些皱巴，我看了日期，和他说的一样，照片上的钢印也有。我知道之前是我误会他了，心里很内疚。他又拿出房产证，是个复印件，上面写着他前妻一个人的名字。他解释说："当时买房我只写了她一个人，所以你别介意，我正在办。"

我没有说话，算是默认了这个结局。他将这些证件随手放在床上就去洗手间了，但我还是有点儿难受，我盯着这个离婚证在想一个问题，它为什么是皱的？好好的折它做什么？我也不知道自己到底为什么这么想。事情不都清楚了吗？但我的手还是控制不住地拿起离婚证看了又看，然后我拿出手机将它拍了下来。

日子似乎风平浪静了，他每天下班都来找我吃饭、看电影。他比之前对我更细心、更周到，只是日子越来越接近他说的两个月期限，他却只字未提。我有些不安，又不好张嘴问，求助于闺密，却被闺密教育了。闺密说："他既然说两个月要你等，那你就不该这么快跟他和好，等一切都做完了再跟他好呀！这样一下子多被动，你还怎么去问？这件事反而你成了催促和参与者了。"

我也后悔自己的天真，但是事情已经这样了，我也就不提了，等着看吧，他自己会说的。

我把离婚证的事也跟闺密说了，她也表示很怀疑，为什么要折呢，那么小个本哪里放不下？折一下感觉有些画蛇添足。我脱口而出："你说这不会是假证吧？"

闺密嘟囔着："应该不会吧？那他胆子也太大了啊。他这样做就是为了跟你谈恋爱？"

我说："折一下只能有一个理由说得通，那就是故意让它显得旧，新办的绝对能看出来。"

我们两个都被我的这个想法吓到了。

闺密劝我去查一查，我就托民政局的朋友查了一下，结果是"已婚"。

我问朋友这样的情况会不会出错。朋友对我说民政局的系统信息是同步的，不会有错。

这真是晴天霹雳，我不敢相信，他一次又一次对我撒下这些谎言到底想要做什么？

他在我心中的形象开始妖魔化，我越来越觉得我就像一只小白兔一样毫无防御能力。

闺密听到这个结果反而大笑，说："这个男人啊，你真不是他的对手，他这样人格分裂一样的活着累不累啊，我都替他累。"

我想起了那天他踹开门后的种种表现和说辞。

事情已经很明显了，我只能跟他断得一丝都不能剩，他明知道我是怎样的女孩儿，却一手将我祸害成"小三"。

我再次见到他的时候，并没有揭穿他，什么都没说，只是在他又来找我的时候试探性地丢给他一句："谁知道你到底离没离婚呢？"

后来，他总是跟我说正在办正在办，我听到这些的时候总在想，如果我没有查，是不是会很同情他、理解他并且陪着他一起等待命运，我也会像个可怜的孩子找妈妈一样无助。而现在，我知道真相，他说的每一句话、每一个假装出来的痛苦和无奈的表情我都清清楚楚地看着、记着。我内心的复杂不比他少。我也在怀疑，既然他们结婚了，为什么两地分居，而且互相不关注、不互动，还总这样吵架，难道那个女人也不在乎吗？既然不在乎为什么在微博上总发那些阴阳怪气的话，既然在乎为什么在怀疑自己老公有问题时候不来解决？她这么懦弱吗？我想不通，霍超既然不爱了为什么不离婚？也许对于他们来说，离婚成本太高，所以霍超痛苦，那个女人也痛苦。而我是最大的受害者和牺牲者，浪费了青春，浪费了感情。

太乱了，这件事远远超出了我自己的解决能力，但我知道，等他再来找我的时候，该是我对他摊牌的时候了。

我总是被他带着走，一步一步都在他的计划内，这次他并不知道我已经知道真相，该是我主动说出来，看他现场曝光的时候了。

我突然对他说："你是不是根本就没有离婚？"他的反应在我意料之中，眼神在我眼睛里停留了两三秒就逃掉了。只是，不在我意料之中的是我自己，我无法控制自己的情绪，掩面痛哭。

他说："对，我是没离婚，但在认识你之前我就在闹离婚。我们都分居两年了，上次回去办事其实不是办房产，而是离婚，只是她不同意。我和她说我们的感情早就死了，大家心知肚明，现在我爱上了别人，希望她同意离婚。但她不同意，还带着结婚证去了香港。"

我讽刺地笑着，这次我没有赶他走。这么些天，我被折腾得身心俱疲，一个我认为简单的人，却一次次搞出这么多事情来。我无法消化这些，也不知道什么是真的，什么是假的，没有人能帮我，闺密可以帮我分析，却平复不了我内心的震动和不安。我端详着面前的男人，怎么看他都是个真诚的人。除了他的眼睛，偶尔在我不经意间闪过的一瞥，也许，这种短暂的眼神，才是最真实的他吧。我错在总是长情于他的专注眼神，忽略了这么多次细微的小动作。

闺密对我说："他真是可怜，两边都鸡飞蛋打。"

我说："他们分居这么久为什么互相折磨着、耗着，又没有孩子，这样的婚姻给我，我绝对放弃。"

闺密说："他如果真的摊牌因为爱上别人而离婚，那么他就是过错方，他什么也得不着，还得给女方赔偿。"

闺密问我："你真的爱这个男人吗？"

我不知道怎么回答这个问题，但我的原则还是依旧，他不是单身，就没有资格和我谈论任何情感上的问题。

霍超开始陷入绝望，天天往我这边跑，即使我不理他，他还是每天都来找我，并且决心要断绝那段让他窒息的感情。

他有一天对我说，想请我去他家吃饭，我答应了，我想，该是结束的时候了。

那晚他忙里忙外地给我做饭吃，还跟他妈妈视频问鱼怎么做。他和我说他已经跟家人都坦诚地交代了我们的事，他想鼓起勇气重新开始，无论他之前编造了多少谎言，无论多么自私，目的都是与我在一起。即使他会因此众叛亲离，他也愿意。

我们坐在他家的阳台边上，点着蜡烛看着窗外，放着安静的曲子。

"下雨了，"他盯着窗外说，给我倒了一杯茶，"为什么和你在一起总是在下雨？"

我说："因为我背着你哭。"

现实的一切苦难都在那一刻被吞进烛光里燃烧。他看着我不说话，一会儿笑，一会儿哭的。我的心就像被抽空一般，陷入这样一个他亲手打造的复杂局面感到手足无措。

他说："有时候不是不离，我和她闹了两年了，根本没办法一起生活，所以一个在香港，一个在北京，互不打扰。但是我爸妈岁数大了，我不舍得他们再为我操心，以前我俩打架，爸妈连夜开车赶来，有时候我妈看不下去了，也跟我说过，真过不下去就离了吧。我其实完全对婚姻不抱任何希望了，我同龄的朋友都当爹了，看看我，过的这是啥日子，没遇到你之前，我每天下班去健身房泡两个小时，然后回家一个人吃饭，有时候不吃就一包包抽烟，睡不着就抱着电脑看以前的电影，人不人鬼不鬼的，就是个失败者。而你的出现，让我感觉你总有使不完的劲儿，天天心那么大，啥事都不操心的样子，却又很独立，和你在一起我真的感觉新生了。"

我承认，爱情都是自私的，但也是有原则的，我即使是他的一个普通朋友，我也不会劝他离婚的，因为他比旁人更能体会情感死亡的感觉，他自己要对他自己选择的人生负责。

我拍了一张饭菜的照片记录下了这特殊的一天。

在将近夜里十点的时候他爸妈来电话，他在电话里和爸妈吵了起来，他说和我在一起，并且他在电话里和父母争论妻子的不是。他挂了电话说因为我的那张照片发在了博客上被看到了，他妻子跟他爸妈告状，现在他爸妈要开车来北京。说着便给他妻子打电话，两个人在电话里吵得面红耳赤，我在一旁看着这乱成一锅粥的生活。他跟妻子说离就离，并且警告妻子少给他爸妈打电话折腾老人家，质问妻子怎么不给她自己父母打电话。他们这样没有情感、各自站在自己立场的对话，让我感到战栗。

他挂了电话，过来向我道歉，并且说这件事跟我没有关系，末了叹口气说：“你也看到了，这就是我一直以来的生活，父母不理解，一味地让我妥协，逼我将就，而她没完没了地折腾，我真的受不了了。”

我没有说话，站起来收拾好东西出门，他送我的路上一句话也没说，我知道，今晚将是他最难熬的一夜。

其实，我恨他，我恨他将我卷进这场战争；恨他自己没本事，将自己的生活经营得如此不堪；恨我自己心软；恨我贪恋他对我的好。

好几天没有他的消息，再见到他的时候是一天夜里。他突然出现在我家楼下，我看着他还是站在窗户下面望着，我下去找他，他在车上一根接一根地抽烟，直到他突然号啕大哭，我僵硬地用手拍拍他的肩膀，这种情况我完全没有解决甚至分担的能力。

他说：“我爸这两天几乎将我软禁，而且他犯病了，晕倒过一次。你说我该怎么办？这是什么破日子，我真的不想活了。”

我们沉默了很久，车里的空气像是被我们抽干了，我提起最后一口气说：“好好过日子吧，别折腾了，我本来非常非常恨你，你一直欺骗我，弥天大谎。从前女友到已离婚，再到根本没离婚，再到你现在要离婚，这些事情是我无法接受的。但是即使作为朋友或者老乡，我看你这样的生活也觉得没必要跟你计较了，我可怜你，但是很多事情由不得你，也许互相退让一步，你和妻子就会好起来，你们好好聊聊吧。”

他从嘴唇里挤出几个字：“那你呢？你的幸福呢？”

我摆出一个很甜的微笑：“我？我这么漂亮，这么优秀，还愁嫁不出去？哈哈哈。”

说到这里他抬起头看着我，眼睛越来越小，眉毛凑在一起，嘴巴越长越大，他哭得已经发不出任何声音了，只是持续着这个表情。好久后，他才像溺水者复活的那一刻一样猛地发出一声号叫。

他断断续续地说：“对不起，我就是个混蛋，我给不了自己真正喜欢的女人最基本的尊重，我以为我可以，却让你到头来安慰我。你别说了，我真的觉得‘对不起’三个字现在说出来，都是对你的亵渎。”

我也开始抽泣，车里的空气越来越稀薄，我们用力地大口呼吸着，我哭到一阵干哕，将晚上吃的饭全部吐掉了。他和我蹲在路边，拍着我，转而我们抱着头痛哭，两个人的脸上鼻涕眼泪混为一体，我大口吸着稀薄的空气，像是将这份爱含在空气里，然后生生吞到体内，即使这份爱我们谁都消受不起。

长大后才明白，有时候生活是我们无力主宰的，我们承担着更多的责任和原则。

他说他妻子要回来了，是他爸妈给她买的机票，逼着她回来解决他们的问题，而且爸妈也不打算走，要盯着他们解决好再走。

我平复好自己的情绪，深吸一口气，诚恳地对他说："回家吧，霍超。你不能再将我置于这种立场了。"

我把他一个人丢在街上，脚下每走一步，脑子里都在像电影般想着我们曾经的画面，想起了我俩那次上山露营，帐篷边两棵梨树作为依傍，我们点着火堆，整晚都靠在一起聊天……那时候，我觉得他就是我以后的老公，坚信那种气息就是我要找的老公的样子，那晚的月色好美，也很明亮。

我每往前迈一步，就删除一个回忆。

回到家，为了纪念这段荒诞的无结果的一场撕扯，我写下了一首诗歌，附在一幅画里。

哥哥，记忆留在山里夏夜哭泣
闪耀的群星点亮你苍白的话语
天边的弯月，是古老的誓言
把浮生的梦描绘成一个证据
梨树现在要折断我们的信期
红尘还如七月的歌声婉转
臂弯相称的墨痣痛了我眼中的泪滴
哥哥，说好的携手白头在时间下恬逸
却又在不经意间被放逐离去

念着格桑花覆盖我一抹残念
家乡的炊烟流连不舍离去
哥哥，你的骏马踏过我曾吹送你的笛音
忧伤的石头夯不起放飞的思念
憔悴的风吹断了百合的枝密
坚韧的姿势芬芳了我对爱情的至高寻觅
碎了的丽身结成北方夕阳下的剪影
我坚定得一如昨天
你手掌里的暖意

我将诗发给他作为最后的告别，他并没有回复我。

我回家和闺密大哭了一场，我哭着说：“和他这一场，我好累。”

我需要开始新的生活，将他彻底忘记，可是他好像并没有要放弃我的意思，还是来找我。他还是跟我说多痛苦，我已经受不了这样的折磨了。

我吼着说：“你跟我说这些做什么？”

他说：“她回来了，我每天加班，不回家，我不想让你伤心。”

我说：“你这不是爱我，是折磨我，既然你这么坚决日子不过了，那你去离婚啊，找我来说这些干吗，跟我有什么关系？”

他又开始说他老婆如何如何可怜，我说：“对，你可怜，你爸妈可怜，你老婆可怜，那我呢？谁可怜我啊，我做什么了要被你们一大家子这么对待？当初是你骗我，招惹我，我一次次信任你，直到最后开始同情你。我就像个菩萨一样自己被骗得伤痕累累还给别人念经呢！难道我没父母吗？我父母要是知道上次见到的你是这样对我的，杀了你都有可能，你现在跑来找我干吗？”

我从来没有说过这么多话，今天我控制不了地跟他理论，我接着说：“我看她发的状态了，她怎么可怜了，她自己做服装生意多赚钱呢，一年上百万，跟你一个学校毕业，都是高才生吧，工作也不错吧，又没孩子，咋就可怜了？有什么没有勇气开始新生活的？”

他被我这番话说得哑口无言，只是絮絮叨叨说什么她要自杀啦、哀求啦。

我听着就来气，说：“你都回家了，现在干吗还跟我说这些，你想干什么？非要让我给你当小三儿？你算老几啊？”

他又开始跟我说不是这个意思，我一把将他推出了家门。

我不知道世界上为什么有这样的人，我将他所有通讯方式都删除拉黑，直到这一刻，我才觉得他太渣了。

更让我吃惊的是，没几天我看到他老婆发了照片在微博上，他们笑得很开心啊，原来之前他是陪老婆旅行去了，并不是他说的不回家在公司加班，闹离婚。

我的三观彻底被颠覆、被瓦解。

我想不通，他嘴里说的不堪是真的吗？他们明明还是很好的样子。

我跟闺密说后，闺密非常认真地跟我说："从此别再打开任何有关他的信息看。"她希望我快速从这段荒唐的事情里逃脱，远离人渣。

经过了一个月的时间，我终于释怀了，只是，令我恐惧和反感的是，有时在晚上他好像就在我家门口，因为我能听到偶尔从门口传来的咳嗽声或是打火机点烟的声音，再或者门被靠一下的晃动。每到这种时候我都缩在床上屏住呼吸，不敢发出任何声音，我真的不想和他有任何接触。他的这种行为严重影响了我的生活和心情，我对他的感觉越来越走向陌生和恐惧。

我现在每天下班回家第一件事就是像做贼一样左顾右盼地看看周围。在点外卖取餐开门的那次，我看到一个身影快速地缩到前面拐角处，我猜想，那是他。

第二天早上，我的门把手上贴着一个纸条，写着：

爱了，走了，死了，像我这种人就不能谈爱，像死了一样，什么都没有，剩下的只是每日治不好的胸口阵痛，痛得难喘气。这次去，真的希望就死在新疆的戈壁里，真想就死在戈壁里。

我上网查了他的动态，他要出差，我想，他一定是抽出身了，就在走之前来"看"我，只是没想到被我看到了，就留了个字条说了这番话。

他给我换着号码地打电话，我不知道他到底要做什么，无休止地纠缠没有任何意义，而且他老婆都误会我是破坏他们情感的人，我越想越来气，索性直接联系他的老婆，而且将他从头到尾给我发的信息，包括他伪造的离婚证照片都发给她，还有他此刻疯狂给我打电话和短信骚扰信息的截图。我在微博里跟她说："管好你的老公，再来骚扰我，我报警了。"

一个小时后，他的老婆给我回信了，只有几个字："你报警吧。"

这四个字我琢磨了半天不知道什么意思。

没一会儿她给我发了一段话，还有一张微信聊天截图，上面霍超对她说："放心吧，我到新疆了，嘻嘻嘻嘻，哈尼爱你，一路走来，所有的决定，已经说明了一切。"

我浑身在颤抖，我从这几句话里感觉到熟悉感。

他老婆又给我发了一段文字："离婚证必须双方在场才能领，傻姑娘。他能骗我也必定能骗你，他是一个喜欢给自己软弱找各种借口，喜欢把所有责任和错误都推到别人身上的人，在我这儿，他也依然会把很多事情都推到你头上，你和我得到的是两个不同版本的解释，是不是很好笑？"

我刚刚已经把他所有新的联系电话又拉入了黑名单，所以我收到了轰炸似的邮件，他还在自顾自地关心着我，还说他以我名字开的公司会好好经营，这是唯一能与我有关的一件事了。他说他以为能忍痛割爱，但是他做不到。

我把这些全部发给他老婆看。

霍超的下一封邮件便是东窗事发后的留言了，他说："你们微博也聊了，也没什么可遮掩的了，现在你应该信了，你觉得我不堪也罢，不管我做了什么原因都是因为你，但我还是选择这样，你现在明白我一路走来的痛苦了吧，现在我想自己选择。"

他居然还在编造，真是见了棺材都不掉泪，他这封信的意思是要选择我。

我的邮箱还在接二连三地收到信件，他说："你觉得拒绝来电能解决任何问题吗？取消黑名单吧，有些话总要说清楚。"

我实在忍不住了，回了一封骂他："你个大骗子，枉我一次次真心信了你，而你却把我一步步推到破坏者的身份，你来我家以为我不知道吗？你以为就你能来找我吗？我也知道你家在哪儿，谁不敢打到门口啊。"

他很快回复我："你什么时候听我说过？你就凭你自己的理解来臆断，你说我抽身了、吵架了才有时间来找你、哄骗你，我每天连家都不回，你说我拿你当'小三'，我有吗？你问问你的心，她上了我微博改了密码，以我名义发各种状态，搞了一堆事，我真的恩爱吗？那我这一年在跟你干吗？冬天最冷的时候我一直都在你身边，你还觉得我在玩？我告诉你，我和她说明了我和你的一切，那晚她要找你，我一直拦着，你还觉得我骗你？你去吧，去我家，如果能解决问题，我巴不得你去。因为我就像个傻子一样爱你，之前顾虑我的家人，可现在换来天天难受，只要能换回你，我都愿意尝试。"

他的老婆看了我们的邮件截图后，给我发了两张图片，是医院的孕检报告单。

她说："让他作吧，你如果把这个图片给他看，他的理由会多一个，因为我怀孕了，所以他有苦衷离不了，这是他骗你的下一个理由吧。"

我被震惊到了。他的胆子要吃天了，这件事太大了！我赶紧联系闺密，闺密和我一致认为不能再和他老婆说这些了，不能刺激到她。出了事，我们任何一个人都负不起这个责任。如果她没有怀孕，我们三个可以好好理论理论，大家都可以借此出出气，但是现在这个情况，我们要保护的是小孩子。

"善终吧"这是我脑子里唯一蹦出来的三个字。我不会再给他老婆发这些他人渣的信息了，这一切，就让我来帮他老婆解决掉，责任我来扛。

于是，我给霍超发了最后一封邮件，决定揭穿他的一切："你这个人渣，你老婆还怀着孕呢！你好意思，有脸给我发这些吗？滚！"

他秒回："你知道什么，一路过来所有的事你知道多少？你不知道也没资格指责我，我没欠你的，更不欠她的，你消失吧，我对你说不出粗鲁的话，你也别再骂我了。"

截止到这封邮件，我们再也没有联系。

半个月后，我父母有天对我说家里遭贼了，iPad和电脑都被盗了。奇怪，住了几十年的家从来没有贼啊。我安顿好父母让他们多注意。可是，第二天晚上下班回家，我的家跟着也遭了贼，电脑和 iPad，就连键盘和充电器都被偷了，只是桌子上的钱包和现金分文未动。

我立马报了警，和闺密说这事，我们俩的直觉都感觉像霍超干的。警察一直在看监控，可毕竟人流量太大，而且只有电梯有监控，楼道没有，太难排查。闺密担心我，买了机票来我家陪我，我们自己去监控室找了四个小时看有没有他的身影。

那四个小时看监控，我的心一直很忐忑，我不希望是他报复我，更不希望他是这种人。我努力地为他脱罪，害怕看到他的身影在监控里出现，我边看监控边哭，我感到莫名的压抑和恐惧，更多的是懊悔。这么久，我的情感被他玩得团团转，最后连自己都变得这么狼狈和不堪。

闺密在我家住的这几天，他确实来了。有天晚上我俩在洗手间敷面膜，听到门口有人咳嗽，把我俩吓坏了。我们不敢说话，一直听着，外面的人待了有两个小时，一直守在我的房间门口。

后来的一小段日子，我总在下班回家的时候，看到一个飞速奔跑躲藏的身影，他就那么默默地看着我，不敢来打扰我，也不敢来与我面对面。我只是心里乞求，电脑的事与他无关，他知道电脑对于我多么重要，我画画的手绘稿都在里面。

人们常说，时间是治愈伤痛的良药，但对于他不是吧。在此后的两年里，每到我过生日，他都会想办法给我一个祝福，甚至送一个礼物和日记本，记录他每天的思念。但这些，已激不起我心上的任何涟漪了。

人的感情，是多么复杂的一件事，他曾经给我写的信，就连他能给我写信的这个举动，都是多真诚呀，但是，真心真意呢，到底有多少？这是很矛盾的一件事。

这个世界上还有另外一种人，他看起来风轻云淡，很不在意的样子，但很走心，你要让这样的人给你写信，那是不可能的，但是这种淡淡的男人，却能在心里记你一辈子，不说情话，不做情事，却在梦里都能叫出你名字的那种男人。

这两种到底哪种是真的？

霍超，到底爱了多少？保留了多少？也许，连他自己也不知道。

我搬家了，彻底离开了那个令人揪心的房子。他这两年的某一天还去了那儿，拍了我那扇窗户的照片发在微博上，还附了一句："昔日我往杨柳依依，今我来思雨雪霏霏。"

在很多个雨过天晴后，在一个潮湿的夜里，我昏昏沉沉地睡着，他站在楼下，样子在梦里那么模糊，我想问他："你站在这儿干吗？"却怎么都说不出话来，想拉他的衣袖，身体却动不了，我着急地一直哭，直到将自己哭醒。我在黑暗里盯着窗台，眼泪遮住了视线，许久后，才看到窗外树叶微晃，小街的路灯渐渐在眼睛里变得清晰。我慢慢地调节呼吸，试图摆脱梦里的无助感，这才体会到，情感才是上帝对人类最大的惩罚。

有一天，我办事路过从前的住处，那天与那年的天气一样闷热，中午的时候下起了太阳雨。我被大颗大颗的雨滴拍打着，我试着第一次站在他曾经站的位置，在那一刻，时间的线是重合的，那个房间换了新主人，窗帘换了新的颜色，窗台上光秃秃的，一层薄薄的灰代替了小盆栽原先的位置。

我就这样站了很久，想起了无数次焦急地徘徊在风里、雨里、雪里的他。

这是我第一次以他的视角观察我的房间，第一次以他的视角寻找我们曾经的模样。

我还是想你

崎田真以是我的初恋，那时我十六岁，她十四岁。她有一个好听的英文名SakitaMai，所以我称呼她麦。她还有两个哥哥，爸爸是日本人，妈妈是台湾人。但在麦还是个小婴儿的时候，父母就离婚了，三个孩子都跟爸爸生活。

麦从小受日本式的教育长大，非常懂事、非常会做家务，称得上是人们口中常说的上得厅堂下得厨房的女孩儿。在我看来，是个完美的女人。麦原本是个富家千金，爸爸在台湾做房地产生意，家境非常优越。但是，就在我们交往的半年后，麦的爸爸在工地因一场意外过世，而她的后妈在一个月之内就把公司所有的财产掏空后跑了。所以，三兄妹如果依照法律想要继承家产，就必须连负债一起承担。

于是，三兄妹选择放弃继承家产。可是他们选择放弃后，连住的地方都没有了，只好找到亲生母亲，在外面租了一套很简陋的小房子一起生活，唯一拥有的财产就是爸爸的老朋友、老部下还有亲戚们给他们的慰问金，折算成人民币也就一百五十万元。可是这些钱想在台北生活，并不容易，这一百五十万不光要用在四个人生活的开销上，还要供三兄妹读书，不到五年就会用光。

麦正好读完高中，我跟她说："如果你确定不打算升学了，干脆就去读夜间部好了，白天还可以去打工赚钱，尽量不要花家里分配给你的那一份慰问金，能省就省，现在是非常时期。"

麦很快就通过她老爸朋友的关系，找到了一份前台的工作。她白天打工，晚上读书。而我作为她的男朋友，希望同她一起过这个苦日子。房子租金是我来帮她承担的，每个星期还会给她两百元的零用钱，并且要求她每天记账，每一分钱的花销全部都要清楚地记录下来，我要教她怎么样有计划地花钱，因为麦以前的生活，根本不需要考虑这些问题。

爸爸的突然过世，麦的大哥从小娇生惯养，完全不成才，二哥从小被大哥欺负，精神有些异常，所以，麦只能依靠我，渐渐地我就成了她生命中最重要的男人。

可是，我开始不自觉地去限制麦的一些事情。比如有男生约她出去，我就跟她说："你干吗跟他们出去呀？你已经有我了，也不需要那些男生呀，你又不喜欢他们。"接着，我又强调说："出门就是要花钱呐，坐公交车不用钱吗？喝咖啡不用钱吗？都是要花钱的，所以不要出去了，浪费钱。"我心里很不开心，有些吃醋，但我也真的担心她，也许这两样并存吧。我知道她现在要省钱，所以我用这个理由阻止她。果然，她不去了。

渐渐地，我对麦越限制越多，而且我居然没有意识到，“限制”这个行为原来是会上瘾的。

一开始我限制她和男生出去，然后有女生约她出去时，我也会说：“你跟这些人出去干吗？这些人出去只会聊一些八卦、是非，对你根本不会有好处，而且出门就是要花钱，这些是坏朋友，别出去了。”后来，我把她的电话通讯录里所有男生的号码全部删除，就连女生也删掉了一大半。

当时的手机没有网络 APP，聊天软件也只有在电脑上玩的 MSN。我将麦 MSN 上面的男生都删掉了，直到最后，我限制她不准上网，不仅是不准上 MSN，而是连网络都不许上。

有一天中午，我经过麦的公司附近，我想买个午餐上去给她一个惊喜，我在她面前出现时对着她做了个鬼脸并大喊“Surprise”。我将午餐放下，却发现她在用电脑上网，我非常生气，凶巴巴地问她：“你怎么可以上网？”麦小心翼翼地说：“哦，对不起。”等她将页面关掉后，我转身就走。

我虽然看到麦只是在看娱乐新闻，并没有玩其他的，但我还是很不爽。我刚走几步就听到麦旁边的同事跟她说：“干吗？为什么不能上网？上网怎么啦？”我听到后心里想着：“我懒得跟你解释，因为你跟大多数人一样，庸俗；跟大多数人一样，只会带坏麦。”

我的职业是魔术师，需要到台中去演出，在那里大概需要待两天一夜的时间。我平日里和麦的相处模式是，晚上如果没有在一起，就会一直打电话到凌晨一两点，直到两个人自然睡着才自动挂断。而那一天我在台中，晚上十一点的时候，麦和我说她想睡觉了，我便挂掉电话要她好好休息。

两个月后的一天晚上，我带麦去吃日本料理，我习惯将女孩子的外套和包包放在我旁边的空位，这样她的座位就会宽敞一些。当我叫服务员点餐的时候，麦很自然地把她的包包从我的身旁拿到她那里，点完餐我就发现包包跑到她那边去了，就把包包拿回来放在我旁边。

大概过了三十秒，麦对我说："嗯，把包包给我。"

我说："嗯？放我这边就好了，你那边位子大啦。"

麦犹豫了一下说："哦，不是啦，我要上洗手间。"

我说："那你快去呀，洗手间有卫生纸的。"

她说："不是啊，我需要卫生棉。"

我就赶紧把包包给她，她从包包里拿出卫生棉以后，我将包包又拿回来放在我旁边。麦就去洗手间了。

不到半分钟，麦突然跑回来说："我现在不想去洗手间了，把包包给我。"

我说："嗯？你要干吗？"

她说："我要把卫生棉放回去。"

我将包包给她，她将卫生棉放回去后，我又将包包拿来放在我旁边。

过了大概一分钟，麦又说："包包给我。"

我说："怎么了？"

她说"我要擦护唇膏。"

我说："马上就要上菜了，擦护唇膏干吗？吃完再擦吧。"

麦拉长声调说："哦，对耶。"然后脸上露出了非常心神不宁的表情。

我意识到不对劲儿，就问她："你一直要包包，该不会是里面有问题吧？"

她马上接道："没问题啊，不然你检查喽。"

我举起她的包包，说："你确定哦？那我检查了？"

她说："好啊。"我打开包包，检查了一遍，真的没有任何问题。看来是我误会她了，心里有一些内疚，想着就把护唇膏给她吧。

我拿出了她的化妆包，打开拉链，发现里面居然有另外一部手机。

这时候，麦的反应比我还快，马上指着化妆包说："哦，对了，我化妆包里面有大宝的手机哦。"那个大宝是麦的一个女同学。说着，麦起身从我手里把手机夺走，看着我犹豫了一下，便坐到我旁边，打开短信指给我看："你看，大宝跟她男朋友非常甜蜜呢。"

手机里的短信大概有两百多条，都是这个手机的主人和一个男生非常暧昧的信息，我们两个人随手翻看了几页。

这是一部诺基亚的黑白手机，如果想把屏幕锁起来，必须先按一下正中央的主按钮，再按一下右下角的米字符号才可以。

我和麦看了几页露骨的信息之后，我觉得这样很不礼貌，便要锁屏。当我按中间的主按钮时不小心按到上下键的那个下键，通讯录功能就被打开了。我惊讶地发现，通讯录里有我的名字，大宝根本就没有我的电话号码。我对此很好奇，继续往下看，通讯录里还有我朋友的号码。

我抬头看麦，她的眼神只在我眼睛里停留了仅仅两秒就躲闪开了。

我问麦："这里怎么会有我和我朋友的电话？大宝根本就不认识这些人哪？"

她给我的解释是："因为我的手机可能会没电，所以把你和你几个朋友的电话存在这只手机里面。"

麦讲这些话的时候，我觉得她很心虚，我不太相信她。

我在手掌里来回摆弄着手机，压低声音说："说实话，这只手机其实是你的，对吧？"

麦知道她的心虚被我看穿了，只好承认说："嗯，对。"

我问麦："你跟这个男生交往多久了？"

她很坚定地回答说："我们没有交往。"

我说："那，讯息都看得出来你们非常暧昧。"

她犹豫了一下说："嗯，那算吧。"

我问："你们暧昧到什么程度？"

她说："只有文字上的暧昧而已，我们只见过一面，手都没有碰过。"

我强压着内心的愤怒，自欺欺人地希望麦给我一个让我相信她的理由。

我说："只有一个方法可以让我相信，你现在打电话给他，开免提，问他记不记得你们接过几次吻。你要敢做这件事情，而且他回答'没有'，我就信你。"

麦很痛快地说："好啊，可以呀。"

电话接通后，麦很含蓄地问："你记得我们接过几次吻吗？"

对方想都不想就直接说："我怎么知道，无数次了吧，你怎么问我这个问题？你怎么啦？"

我将麦拽到旁边，强压怒火，低声说："你问他你们上过几次床。"

麦听完我的问题后，直接把电话挂掉，跟我说："好吧，我跟你说实话，我们有过一次……"

我紧紧攥着拳头，感觉全身的毛孔都在吸着冷风，这些是我完全不能接受的。我问麦到底怎么回事，她说就是那次我在台中演出，她跟我说要早点儿睡觉的那一晚，其实是跟同事出去玩儿，认识了这个男生，然后发生了一夜情。

我听完后，将我们一起买的对戒摘下来丢在饮料里面，把钱留在桌子上，没有看她，站起来就走。

麦疯狂地打电话给我。我很了解她的性格，以往我们吵架的时候，我不理她，她就会到我家来找我，但是前几天我刚从家里搬出来，在外面自己租了间房子。我之前就跟麦讲好，大概几个星期之后她就可以整理好行李来与我一起住了。所以，麦暂时还不知道我的新地址，她还没有来过这里。

我是和最好的朋友 Ken 一起租的这个三居室房子，他是精神科医师，他和女朋友住一个房间。等麦来了以后，我们会在另一个房间住。

我将卧室布置得很温馨，墙上贴满了我们的照片，而且我很喜欢搜集玩偶，麦也因为我而有了搜集玩偶的兴趣。我们都很喜欢小猪形象的玩偶，所以我买了很多小猪布置在房间的各个角落，想等麦来了以后给她一个惊喜。

可是发生这件事情，我再回到这个房间时，看着房间里的这些东西，就觉得自己很白痴，也感觉非常不值得。

麦一直在给我打电话。如果找不到我，她会在外面游荡一整夜，不肯回家，打电话打到我接为止。如果我一直没接，她就会打到手机没电，即使是这样，她也不会回家的。

现在已经后半夜了，她还是一直在打。我也很痛苦、纠结，这么晚了，她这样在外面不回家，我真的于心不忍，还会担心她的安全。

于是，我接了她的电话，她哭着问我在哪里，我便将新的地址给了她。

当麦站在门口，看到家里的房间布置得这么温馨甜蜜，觉得非常对不起我，对着我大哭，求我原谅她，并保证以后绝对不会这样子了。

看她哭成那个样子，我很难过，要我因为那件事跟她分手，我也真的很难做到，所以，我选择原谅她。

但是，我也有条件，那就是这一只偷偷办的新手机今后不能再用了，而且原本的手机必须换一个新号码。

这些要求她都答应了。

在这件事之后，我对她的限制还是像以前一样严格，对她的态度和脸色却变得更差了。

她很快就搬过来与我一起住了。我们每天都会写交换日记，今天我写，明天她写，这样做的目的，是希望我们之间的感情可以更好、更甜蜜。日记本就放在书桌上。

两个月后，有一天我有五场演出，预计出门要超过十个小时。那天我演出完两场后，天下起了大雨，所以后面三场演出临时被取消了，我只好提前回家。

我跟麦最喜欢做的事情就是租一部电影 DVD，再买上比萨，一边吃一边看电影。我在回家路上专程买好了这些，准备给她个惊喜，好好陪陪她。

当我打开客厅的大门，却听到了不雅的声音。

其实在打开门听到声音的那一刻，我以为是 Ken 和他女友，但是当我看到门口有一双陌生的男式皮鞋，并确认声音是从我和麦的房间传出来的时候，才意识到发生了什么事情。

我站在门口反复告诉自己，这不会是真的，我很害怕。我不能接受这件事情。我的心很痛。

此刻，我们只隔着一扇门，我不知道自己要怎么做，如果是在电影里发生这种事，男主角应该冲进去打人的，但是，我该打谁呢？人家都到我家来了！

我相信所有的人都看不起打女人的男人，我自己也看不起，所以，再怎么样，我也不可能打一个女人。可我真的很气愤。好像应该去打男的，但是为什么他会到我家呢？这到底是谁的问题？

我站在门外，打电话给Ken，由于他的专业是心理分析，而且他一直以来都是一个很理智的人，所以，我很信任他，我需要他的帮助。

我告诉他这件事，并且说我想冲进去打人，但我不知道我要打谁。他说："发生这么多事情，你们也不可能继续在一起了，也不可能信任对方。既然不可能在一起，你就不要打人了。打人只会酿造出两个结果，第一个，说不定你打不过对方；第二个，就算你把对方打到很惨，也一定会让女方说'好好好，不要打了，不要打了'。而这两个结果，都会让你更不开心。"我一听，有道理，一定会是他说的这样，那我心里一定会更不爽。

我要怎么做心里才会更舒服呢？直接开门进去，把这两个人都赶走，只有这样我的心里是最舒服的。

我深吸了一口气，鼓起勇气，打开房间的门，这两个人见到我瞬间跳开。

我只跟那男的说了一句："不关你的事，马上滚出我的房间。”我没有看麦，也没有跟她说一句话，直接去外面拿了一个很大的垃圾袋进来。

在台湾，家家户户都有很大的垃圾袋，专门收大体积垃圾用的。我将麦的衣物、杂物等全部往垃圾袋里放，并开始打包。麦一直坐在地上抓着我的脚哭，一直道歉，要我听她解释。

我完全不理会她，只对她说：“赶快把衣服穿好。”

麦穿好裤子，准备穿上衣的时候，可能意识到，当她穿好衣服，我打包完衣物，她就要被我赶走了，所以她就不穿上衣，求着我不要赶她走。我还是继续收拾着，我把三大袋她的行李打包完，拖到了门外。

这时候麦还是半裸着，我把她抱到门外，将她的衣服丢在外面，把门关起来。

我听到麦在门外一直在敲门，一直在哭喊。

我背对着门，脑子里完全放空，什么都想不出来，也不知道要想什么，只听到她的哭喊声。我不清楚具体是几个小时后，她的声音消失了。虽然她的哭喊声没有了，我猜她可能走了，可我还是靠着门发呆。大概又过了半小时，我才反应过来，打开门，人和东西都不在了。

我拖着身子回到房间，看到墙上那些甜蜜的照片，桌子上还有那本交换日记，再看到凌乱的床单，想起他们刚才的样子，这一刻，我彻底崩溃了。

我想把墙上和桌上的照片全部拿下来撕烂。可我拿下来准备撕的时候，真的下不了手，我只好看着这些照片哭。

晚上，Ken下班回来，我跟他把所有后续的事情讲完，他很认真、理智地分析给我听："其实，麦今天会这样做，是你造成的。因为你把她限制得太严了，狗急了还会跳墙呢。"

我完全接受他对我说的这些，但是在他没有跟我讲之前，我是没有意识到我有这么变态的控制欲的。

这天之后，我也能够理解麦，并且也很自责，是我让她变成这个样子的。

也许我还太年轻，这件事对我造成的伤痛，只持续了一个月左右，我就恢复了正常的生活，并且交了一个新的女朋友。

她是我的学妹，我喊她小南瓜，她喊我阿八。

有了前车之鉴，我并不想要再限制小南瓜，对她完全放手不管。小南瓜确实很爱玩，我对此心知肚明，或者说，我根本没有那么爱她，所以她爱做什么就做什么。

跟小南瓜交往的时候，我已经二十岁了，小南瓜也小我两岁。交往到一年半左右的时候，我有了自己的事业，刚刚开店，又刚买车。

从家里到店里的距离骑摩托车大概五分钟，可是在台北市开车和骑摩托完全是两个概念，有很多路不能右转也不能左转，所以开车我并不清楚要怎么走。

我和徒弟约好十一点去店里打扫卫生，然后开店。因为我睡过头，十一点一刻才出发，我将车送去洗车行做保养，到店时已经十二点半了，徒弟已经坐在门口地上等了许久。

要开门时我才发现没带钥匙，只好先带徒弟去吃饭。吃完饭还是没有办法回家，因为汽车还在洗车行，至少还需要两三个小时才可取车。

时间一到，我安顿好徒弟就赶去洗车行。

小南瓜平时都习惯睡到下午才起床，所以我回家顺便帮她买了便当。我看看表，已经三点多了，小南瓜应该起床了。

打开客厅的门，我又听到了不雅的声音。

发生这样的事情，我非常生气，可是我这次生气没有超过五秒，只是一个生气的念头而已。

我的心境跟上一次完全不一样。我只是觉得自己好衰哦，这样不靠谱的事情居然可以遇到两次。

我还是先打电话给 Ken，跟他讲：“发生了和两年前一模一样的事情。但是你放心，我的心情完全没有被影响，而且我知道该怎么做。我只是打电话跟你报备一下而已。”他也开玩笑地对我说：“啊？你真的没事吧？要不要来预约我的门诊啊？”

挂掉电话，我的心里竟然有点儿兴奋。我不知道为什么会兴奋，可能我真的没那么爱小南瓜，也可能我在兴奋这样的事情居然都能遇到两次。

这次，我是先拿出垃圾袋，再去打开房间门的。打开门时他们两个人还在进行中，看到我，瞬间跳开。我跟这个男生说了和上次一模一样的话：“不关你的事，马上滚出我的房间。”然后我开始打包衣物，把她的东西全部装进垃圾袋。

这个过程中，小南瓜一直在求我，要我听她解释，但是，没有多久，她就不求了，她开始自己穿衣服，帮着我一起打包。

我这时候想，奇怪，怎么跟我预想的不一样呢？而且她都没有再求我，还帮着我打包。

直到东西拿到门口，她才张口说：“阿八，你能不能听我讲一句话？”

我点了点头。她说：“你都可以原谅麦一次，为什么不能原谅我一次？”

我和麦的事，她都知道，我曾经对她讲过。

我听完后觉得，哦呦，厉害，她这句话确实说服我了。

所以，我最终选择了原谅她。

因为发生了这些事情，所以在原谅小南瓜之后，我很刻意地限制她的一切，有如从前对麦那样严格。

其实我这么做的目的是想把她气走，因为我好像没有很爱她了。

可是我这么过分地管束，百般地刁难，她却还是留下来。我知道她也不是因为爱我而留下来，我猜她是因为不甘心吧。

在我百般刁难，她都千依百顺的时候，我突发奇想，我可不可以把第一任女友也找回来？

后来的这些事 Ken 并不知道，他每天非常忙，在家的时间很少。我心里很有把握，是因为小南瓜现在对我千依百顺，我有很大的可能说服她与麦同时与我相处。但是，麦会不会答应呢?

我心里认为，麦其实真的很爱我，而且我相信，从分手到现在，她一定一直在想着我。

所以，我觉得只要能够说服小南瓜跟我一起去找麦，麦应该是有机会被说服的，我心里有这个自信。我和 Ken 说了这个想法，他并不知道小南瓜在被抓包后对我千依百顺，所以他对我这个想法非常反对。

但我还不死心。

我跟他说："我要试试看呢。"我本来骨子里就不服气，他反对，我就要做给他看。

我跟小南瓜说："说实话，我是真的蛮想麦的，在发生这件事情之后，我更想她了。如果你真的觉得做了对不起我的事情很内疚的话，你做一件事情来弥补我好不好？"

小南瓜低着头问我："什么事？"

我声音尽量变得舒缓，说："我真的很想麦，你介不介意我们一起出来吃个饭？然后你们两个人可以友好地做好姐妹？"我用这样的理由来和小南瓜说，观察着她的反应。

小南瓜想都没想就答应了。

隔了两天，我又对小南瓜说："我觉得你们如果可以当好姐妹，那说不定我们三个也可以当好朋友，我们把麦接过来跟我们一起住好不好？因为她的身世也很可怜呢，她跟妈妈和两个哥哥住在一个很破烂的小房子里。”接着又补充说，“麦真的很好，很好相处，你们一定会成为好姐妹的。”这时候我感觉到小南瓜认为这个事情有些怪，我从她的表情可以看出来，她可能有点儿不愿意，但她还是答应了我。

我马上跟她说：“跟你说白了吧，我希望你们两个人都是我的爱人，我希望一个都不要失去。所以，如果你真的不介意的话，你陪我一起去把麦追回来，当作弥补我，好不好？”

她这次彻底被我说服。

于是我们约麦在一间“泡沫红茶”店碰面，他们家的茶是冰茶，全天二十四小时不打烊。

这次见面，小南瓜起到了很大的作用，直接跟麦表现得非常友好。

小南瓜对麦说：“阿八真的非常想你，你跟他分手的这段时间他也常想你，他希望可以把你接回来住，而我们大家一定会相处得很愉快。你看啊，假如今天我工作比较晚下班，你们两个人一起来接我下班啊，或者今天阿八忙得很晚，我们两个一起去陪阿八啊，我们大家可以相处得很愉快呀。”

这次谈判，气氛非常和谐，大家都很开心，所以很容易让麦觉得跟我们在一起会相处很愉快的。

麦答应了，并且直接搬过来了。

我们三个人住在一起的这段时光比预想的和谐，就像一家人。如小南瓜所说，她晚下班，我和麦一起去接她，我在外面忙，她俩就到车站来接我。除了在工作时间以外，我们所有的生活都是在一起，一起逛街、一起看电影、一起去酒吧。

可是，时间久了，关于我们三个人的流言蜚语特别多。小南瓜倒是承受得住，她对此很无所谓，可是麦经不起她身边朋友间的舆论。

麦找到我哭诉，说朋友们总对她说："干吗你们两个人围着一个男人转，干吗这么作践自己啊？"而且，麦找我哭诉过还不止一次，我可以感觉到她的精神压力越来越大。

她的情绪每天都很低落，总是在掉眼泪，和我们在一起也总是心不在焉的。

有天晚上我把麦叫到外面散步，对她说："既然你这么痛苦，这段关系就结束吧。"

我其实真的很珍惜和爱护麦的，我也不希望她这样子难过。

麦跟我分手以后，我也很快跟小南瓜分手了。

我是个害怕孤独的人，也是一个自私的人。经过长久的空窗期，我回想起两段情感，心里有些愧疚。我硬生生地利用了两个女孩子对我的爱与不甘，甚至以她们背叛我后的愧疚感为条件，将三个人捆绑在一起生活。

爱，终究是自私的。如果说麦爱我，我没有挽回她的时候我很相信这一点，即使她做了错事，我都依然坚信她很爱我，但当她答应了我要求的三个人一起相处的想法后，她是出于爱还是不甘，或是补偿？我现在不再确定了。

我想，也该离开这个房子了，这里发生了太多事情，好的、不好的终将要好好说一声再见。

我收拾东西的时候，将麦和小南瓜没有带走的东西做了一个分类。起初我只是想再看看，然后将它们丢掉，可是，我竟连一张小小的卡片都不舍得丢掉了。

我拿起麦在我们交往时亲手做的手工年历，里面贴了很多我俩的照片，每一页都在很用心地制作，每一个重要的节日她都会写下来。

我书桌上有一个小熊娃娃，是麦在我过生日的时候送给我的礼物，因为我是魔术师，所以她亲手做了一套魔术师礼服穿在小熊身上。虽说她背叛了我，可她和我在一起的日子，很用心。

我将我们的交换日记和手工年历小心翼翼地封起来，放进衣柜里。

小南瓜也在我生日时送过我一个娃娃，是个小兔子，是她亲手做的，手工没有那么好，所以兔子少了两条腿，里面的填充物是她从枕头里掏出来的棉花。当时我收到的时候，嘴上还骂她笨，觉得这礼物太糊弄人了。但经过时间沉淀，看着她当初笨拙的手工，倒显得她几分可爱。

我翻到了小南瓜给我写的一张卡片，开头语写着“亲爱的阿八”。其实有很多人好奇，小南瓜为什么不叫我阿森而是叫我阿八，大家都猜测小南瓜是把我当“爸爸”一样叫着的谐音。其实不是，是因为我是她第八个男朋友，所以她是主动叫我阿八的，她的直爽我并不反感。

她的字迹并不好看，歪歪扭扭的，像小孩子写的，倒是符合她的个性。

亲爱的阿八

你一定觉得我这阵子不乖，常违背打钩钩的誓言，害你不开心。But这真的只是我太喜欢阿八了。所以拼命就是要和你天天生活。

明天我们就要搬进NewHouse，我也会打扫家里，煮“阿瓜特餐”给你吃。

不管怎样，这张卡片是我有史以来经费最少，而且完全没有任何人帮助下所做的，所以粗糙很多。原本想买东西送你要你开心，后来想想发现，现在花太多的钱，你一定会大大地叹气。

我做这个爱心猪猪卡片给你，你应该会开心的。

阿八，阿八，真的希望我们可以彼此信任，相亲亲相爱爱，好久好久。

——喜欢你的小南瓜

放下卡片，将这些“往事”收好，我突然释怀了。

如果说后来的我们都是因为不甘而选择自我欺骗继续在一起，那么现在，我们在尝试过后，都选择了坦然放手。

有些事情，戛然而止不一定是一件坏事。自我欺骗而换个理由在一起，只是消耗掉彼此的最后一点儿留恋。好像只有这样，才会有勇气说出那句“我努力了”，再毅然决然地潇洒离开。

我想，麦和小南瓜第二次离开我后，不再表现得那么歇斯底里，或许也是因为她们在我身上用光了最后的留恋。

毕竟，我们都努力尝试过了。

我在一次演出时，将我们的这段故事编成了一个魔术作品。我同时拥有两位爱人，只是演出的最后，麦和小南瓜汇聚在一起变成了一大束暖阳，将我送回最初没有遇见她们时的模样，各自安好。

索道险爱

醒来时，外面已经积了厚厚的雪，脖子睡得酸痛。我穿着薄毛衫坐在座位上，隔着车窗都能感受到北京冬天固有的干冷。

帝都的灯火好像比过去更闪耀了，但是，地上的风景，我已经记不清楚了，也许是雪太厚太厚了。

记忆里，总是闷着头钻进比夜色更黑的地铁，集聚在陌生人的腋窝下，浑浑噩噩地摇晃。

我刚刚大学毕业，找到工作，没有什么积蓄，在一个老式红砖小区里租住。这里很安静，住户大多是老人，尤其在深秋，环境更显得凄凉。房间在三层，家具少得可怜。交完房租，我只比身无分文多了一点点而已。买完生活用品，我就真的身无分文了。

我的脸看起来一定像 11 月的灰色天空那样阴郁。

近两个月里，都收到了钱忠约我出去的信息，但我都拒绝了。我独居了太久，上大学的时候就自己出来住了，所以，有时候跟身边的人沟通起来感觉有些费劲儿。他们总是觉得我很啰唆，明明很简单的一件事，我非要从那天的天气、人群、心情开始说起，然后才切入到主题，听我说话的人常常皱着眉头，焦急又故作耐心地等待着我发表完言论；也有没有耐心的，中间会打断我的话来说他们的观点，但他们往往得到的是我更加冗长并压倒性的陈述。再不然我就是一副臭脸，不爱说话。有时我会自说自话好多天，即使我并没有从唇齿间发出任何声音。

我的生活开始有了起色，因为我工作努力，已经转正，工资多了很多。我重新布置了住所，小小的单人床被我铺上了米色或白色的床单。衣柜很小，我很难过一个女孩子的衣柜居然能这么狭小。我总是很悲观，觉得自己总会消失在一场意外里。矛盾的是，我既想快速接纳新鲜事，又总是快速逃离，就如同钱忠的关系。

我和钱忠是在相亲网上认识的。他加了我的微信，当天并没有跟我聊太多，只是简单的问候，那天时间太晚，彼此又都想给对方留下好印象，所以互道了晚安。

之所以选择相亲，是因为家里希望我早些结婚。我家的条件比一般人要好一些，但我从小就爱逞强，总想早一点儿独立。

刚刚接触社会，工作太忙，确实没有时间去发展社交圈。虽然我的工作平时可以接触到很多人——传媒公司接触的客户中不乏条件匹配的——但正因为是工作圈，所以并不想有任何生活上的交集。

我总是在加班，上班在应酬，下班还要应酬。也被亲朋好友逼着去见了几个，都没成，甚至还得罪了一两个见面对象。有时候我在想，是不是真的需要结婚，单身多自在。可有时候赶上天气不好，或者酒喝多了，没人照顾和保护，就必须要在走不稳路的情况下留一点儿清醒保持到自己安全进家门，才能站在洗手间看着妆花了、眼睛充血、脸微浮肿的自己。每当这种时候，我总是感觉整个人很崩溃。半夜，由于酒精在胃里翻腾的缘故，起来喝水时，才想到身边如果有一个人照顾自己，挺好的。

这种情况并不多见，大多数时候，我还是想一个人。

钱忠约了我一次，我拒绝了。因为出差，和他约好等我回来再说。在外地的酒店里我想起还没有看过他的朋友圈，便点进去了。

他的生活比较丰富，我看他很爱弹吉他，还有一张是坐在钢琴前拍的，但我看得出他是摆拍，因为手指的形状是塌下去的。从朋友圈来看，他的性格属于开朗型的，每一张自拍都很浮夸，也很搞怪，并且爱穿潮牌。我记得他的简介上面说他是在国企上班的。

我的工作虽然忙，但很少像他那么疯玩。休息时间我一般泡在家里睡觉、看书、追剧。我的第一感觉，他不适合我，而且我这样的节奏，他和我在一起，也应该会感觉闷。

关掉手机，我闭着眼睛自言自语“不合适，还是不合适”，便睡着了。

我几乎忘记了和他的约定，一直忙于找对象以外的事情。

一天晚上，我刚收拾完家，正无聊地换着电视频道，钱忠给我发了一条信息问我在干吗。简单地聊了几句，我就感觉打字太麻烦，于是向他提出了语音的建议。

没时间见面，语音也是一种快速交流，他很痛快地答应了。

他的声音很好听，而且他是个很健谈、很幽默的人。起初他比较拘谨，后来他说不然视频吧。他每看到我笑，就会跟着笑，而且从他看我眼神里我能强烈地感觉到他已经喜欢上我了。

他在视频里带我参观了他的家，是套复式的房子，下面是两间卧室，楼梯墙壁的壁纸贴得也很潮，还挂了几幅画。上了楼梯有一大块电竞区，是他在休息时专门用来玩游戏的场地。他对我说，他很喜欢娃娃，所以买了很多摆在家里。他很兴奋地“带着我”参观他的家，楼上楼下地窜来窜去，恨不得将他所有的宝贝都拿出来给我看。

我们聊到凌晨两点，他问我想不想睡，我说睡吧，他说：“再聊会儿好吗？”

其实我也对他有了好感，不舍得挂掉，虽然明天我们一早都要上班，但还是不知不觉聊了整个通宵。直到天微亮的时候，他说："我去洗澡，不睡了，洗完直接上班。"

我挂掉电话感觉自己疯了，多少年没有这么煲电话粥了。他的热情可以带动我，让我暂时忘掉自己害怕尝试或者被动的性格。

刚睡着一会儿，电话又响了，他发来很长一段文字，大意是他感觉自己恋爱了，并且希望我给他追求我的机会。从信息中我可以感觉到他很兴奋，他说我可能理解不了他的心情，一夜的聊天给他聊明白了，他说跟他搞暧昧的女孩子有很多，但是从今以后，他会将这些女孩子全部删除，即使我没有答应做他女朋友，他也会这么做，他说我是个美好的姑娘。

我顿时睡意全无。在我接触的人中，没有说话这么直接的，能曝出自己有暧昧的女生，不怕我听到这些对他人品产生怀疑。我觉得他很直率。

他开始频繁地给我打电话，每晚不管工作多晚，都会和我视频。我慢慢地对他敞开心扉，聊一些自己的心事和工作上的事，他比我大，经验比我多，所以总能很好地开导我。我开始一天比一天依赖他，还有一天比一天更深的想念。只是，越想念我就越怕见他，怕他见到我就不喜欢我了。

这一天，还是来了。

他约我去双井吃烤肉，等我的时候顺便去路边给手机贴了个膜。我穿了一件宝蓝色呢子大衣，齐耳短发被我别在耳朵后面，我化了淡妆，并没有戴昂贵的首饰，也没有背名牌包。我站在离他不远的地方看着他，他的身高大概一米八五，红色的面包羽绒服，黑色休闲裤，白色板鞋，戴着黑框眼镜，瘦瘦高高的，着装阳光而精致。我的心荡起一阵涟漪。他冻得来回溜达，我静静地站在他身后看着他。等他拿着手机抬头四下找我，最终将目光落到我身上时，停顿了一下便冲着我笑了，大跨步走来，站在我面前，歪着头笑嘻嘻地盯着我。

我感觉，只这一眼，便一见钟情了。

毕竟是相亲软件认识的，虽然我们有意地避开这个话题，但还是会问清楚彼此的信息。他在国企上班，在综合办公室，比较舒服的部门。我是传媒公司的广告策划助理。他父母在外地，都是刑警，爷爷曾是当地的市委书记，后来扎根在北京。他很小就离开父母来北京上学了。父母在北京给他买了房子，准备结婚用。我的父母是做房地产生意的，所以听起来，我们门当户对。

这次见面后，他几乎每天下班都要来找我，给我买很多好吃的，而且每次都要送一束花。他不止一次要我和他住在一起，而我坚持不同居，所以他改变策略，要我只在周末的时候去他那里玩。我答应了。

第一次去他家的时候，很隆重，他给我买了新拖鞋、新毛巾、新牙刷，凡是我能用到的，他都去买了新的，即使我只是去吃个饭就回家，他也还是坚持这么做。

当我走进他家的时候，看到电视上滚动着一行字，“热烈欢迎甜甜光临寒舍”，我扑哧一下乐了。

他挠挠头说：“怎么样，喜欢吗？”

他亲自给我换好鞋，我看到他的冰箱上用冰箱贴贴满了我的照片。那一刻，我是真的特别开心。

那晚，我们开了一瓶红酒，看着落地窗外的繁华，借着对彼此的喜爱，决定正式交往。

他很快就安排我去见他的家人，我给长辈们买好了礼品就去找他。那天本应该是他来接我去的，但因为北京早高峰，所以他说要我自己去。其实我心里对此有一点儿不开心，但转念一想，这都是小事。

我提着好多礼盒上了车去他家，他的爷爷奶奶见了我真是笑得眼睛眯成了一条缝。他的妈妈也很热情，一大家子围着我们，对我嘘寒问暖。我知道这次见面，留下的第一印象很好。我对长辈们说：“钱忠平时在生活上很照顾我，我们相处得挺好的。”

饭后，其他亲戚都离席了。起初我没发现有什么特别，直到他妈妈跟我开始谈话的时候，我才知道，其他人是刻意避开，给我们留空间说话的。

他妈妈说：“甜甜呀，我们家钱忠玩儿心大，你一看就是个稳重孩子，以后得多管着点儿他。”

我赶紧说：“阿姨您放心，他挺好的，我们两个互相督促。”

他妈妈很欣慰地笑着说：“还有一件事儿，跟你商量商量，我们一家子都是走仕途的，也希望钱忠走这条路，趁我们都还在位，想给他安排得好一点儿。所以我们决定让他去外地工作一两年，这样回来就能提干，你觉得怎么样？”

我还正在消化这句话时，他妈妈又补充说：“再说了，他要是提干了，你们结婚后，生活不是更好吗？而且你们都还年轻，周末的时候一张机票就能见到了。你考虑考虑。”

钱忠从洗手间出来，看到他妈妈和我的表情都很严肃，就冲他妈妈嚷道：“妈，你跟她说什么呢？你可别瞎说话啊，我搞个对象容易嘛，别再让你给我搅和黄喽。”他这句话说完，全家人都乐了。

我心里是有一些别扭的，因为我第一次来见他的父母，就要面对这样的事。这毕竟是他的事业，他妈妈能这样跟我说，说明钱忠一定知道这件事。我们才刚刚开始相处，难道就要面临异地恋吗？但我转念想想，这也没什么，就说：“阿姨，这是好事儿，我当然愿意支持他。”

他妈妈说：“阿姨就知道你懂事，真是没看错，回去向你父母转达，你俩的事，咱两家大人尽快安排见面，确定了你们的婚事，我们也就放心了。”

回家的路上，钱忠看我一直不怎么说话，便问我：“是不是我妈跟你说什么了？”

我说：“没有。”

他转头看了我几次，又说：“是不是因为我工作调动的事情？”他握着我的手，“你别担心，我本来就不想去，而且现在有了你。即使我要去外地，也一定会先跟你订婚或者结婚后才去，不会让你白等的。”

他这么一说，我反倒觉得自己没意思，人家其实是有打算的，我心里高兴，找到这样一个负责的男人。

回家后，我就把这事说给父母了，父母也为我开心，并且决定尽快安排时间见他。

我将钱忠带回我家，父母盛情地款待了他，安排最好的酒店，还叫上了亲朋好友一起见这个未来的女婿。饭后他去了我家，在妈妈递给他水果的时候，我看到他的表情有些心不在焉。我小心地观察着他，猜测着其中的原因。前因后果都被我想了一圈，觉得所有安排没有什么不妥的。

但是我还是有一种感觉，就是他在观察我的家。

我们家的小区不是最新的，大概十多年了，不管我家条件多好，爸妈还是习惯住在这里，同时也是为了低调。他不知道的是，我家其实有套别墅，只是我们不住而已。

我对他有了这个猜测后，心里有些不舒服，更何况，我现在这个家也不差啊，我真的不希望钱忠以这个作为前提条件来选择爱情。

接下来的几天，我带他游遍了家乡的名胜古迹，他的心情也好转了很多，但还是没有了开始的热情。

见完我的家人，我们启程回京，一路上他也没有来之前那么活跃了，也许是累了，只是，我隐约感觉到我们之间有了一层说不清的隔膜。

到北京时已经是夜里十一点多了。我们找了一家烧烤店吃了点儿东西。他跟我说："我手机没电了，借你电话打给家人一下。"

他拿起电话就出去了。

一开始我只是好奇给家人打为什么要出去呢，外面那么冷。但是他挺长时间没回来，我有些担心，站起来去找他。我看到他站在外面，并没有打电话，而是在看我的手机。他背着我这样做令我很不爽，但我没有去叫他，我坐回座位盯着水杯发呆。等他回来的时候，表情很严肃，我试探着问："报平安了？"

他只是应付地"嗯"了一声。

我将手机放在旁边，说："快吃吧，一会儿凉了就不好吃了。"

他也没说话。

过了大概几分钟，他张口问我："大壮是谁？"

我回他："朋友呀。"

他冷笑了一声，说："朋友？"然后突然瞪着眼睛问我："朋友能问你最近好吗？"

他突如其来的发火，令我很无奈。我觉得他有点儿无理取闹，但我确实很清白。我放下吃的，认真地跟他说："好，首先我跟大壮没有任何你所想的那种关系。大壮两年前追过我，我没答应，也不喜欢他。他那时候要去美国，希望我做他女朋友然后一起去那边。虽然我没答应，但人家很绅士地接受了。前阵子他回国了，给我发了几条问候信息，我都没回过，因为我不在意这个人。”

他听完好像更生气了，抿着嘴，瞪着眼，样子很激动，并且把筷子啪的一下摔在桌子上。邻桌的人都在看我们，我觉得很尴尬。

为了安抚他的情绪，我说：“钱忠，你要相信我，我都带你见了家人，而且我不是喜欢和别人暧昧的人。我的生活和性格这么久你应该清楚的。如果，你觉得这个人的存在令你不舒服，我现在就可以删掉，这些都没有关系，只是你不能对我生这么大的气。”

他还是一副要吃了我的样子，质问道：“你敢说你没回他信息？我看到有一条你回的表情。”

我很无奈地拿起电话，找记录。他说的那个表情，其实是一年前大壮给我转发了一条专访，是他被媒体专访的文章，我给他回了一个大拇指，并没有说其他的。

放下电话，我对钱忠说：“我只是礼貌地回了一个赞而已。”并强调似的对他说，“这已经是一年前的消息，我的朋友虽然不多，但谁没有过去呢？大壮只是对我表白过，而且我并没有和任何一个男生不清不楚闲聊，我也不是那样的人。”

他紧跟着逼问：“那你刚才说你没理过他，不是骗我吗！”

我被他这句话气得不想再解释。他看到我没耐性了，抓起包就要走，此刻我也抓起外套，比他先站起来走出了烧烤店。

我并没有赌气回家，只是站在他车旁边等他出来。他出来后开锁，跟我说了一句："你自己回家吧。"便一脚油门消失在街道上。

这一切我还没来得及反应。这么冷的天，他能因为这么小的一件事不顾我的安危将我丢下，真的很伤心。我自己在路边溜达着，越想越气。他今天反常的举动和去我家有关系吗？我也不能确定，因为大壮那条信息，真的至于发这么大的火吗？

其实换作以前遇到这种情况，我绝对想都不想，打车就回家。可现在，我就是下不了这个决心。因为刚刚见完父母，如果我这一走，不去哄他，结果很可能事情恶化，就这样分手，没法交代，我就真成了做错什么事儿一样了。

我正犹豫着要不要给他打电话时，收到了他的信息："你的发卡还要不要，要就回来取。"

我知道，他这是在给我台阶下，于是我回："好。"

可是太晚了我打不到车，又耽搁了将近半个小时。他开始一遍遍给我打电话问我在哪儿，最终还是他来接我的。路上我们都没有说话，我回到家才开始哄他，并且当着他的面删掉了手机里大壮的全部内容，他才慢慢地恢复了情绪。

他有些小孩子脾气，喜欢被黏着，喜欢别人时刻照顾他的情绪，可我又偏偏不是这样的，不会照顾人，也不太擅长表达自己。

他有两部手机，一部工作用，一部生活用，手机密码他也都告诉了我，我是可以拿着随便玩的。马上就过年了，按照常理，我的家人应该会在这段时间接到他父母的邀请，来谈我们的婚事。

我左等右等都等不到他提这件事，但我又不知道怎么开口问。

我去他家过周末，他在玩游戏，我就拿着他手机玩儿，有微信时他会让我帮他念出来。我不小心看到了他和他妈妈发的有关于我的信息。我很在意他妈妈对我的看法，但没想到，他在背后竟是这样评价我。

他妈妈："这次去她家感觉咋样？"

他："家里人挺热情的，一口一个女婿地叫着。"

他妈妈："挺满意的？那咱们过年就邀请她家人来，把你俩的婚事定下来吧。"

他："再等等吧，我觉得不着急。"

他妈妈："看来有不满意的地方？"

他："感觉她家条件一般，而且我都没见过她的朋友。"

他妈妈："有咱家条件好吗？"

他："不知道。"

他妈妈："这次去也没带你见朋友吗？"

他："没有，而且我觉得她有事瞒着我。"

他妈妈："他们家人给你红包了吗？"

他:“没，不过给带了很多当地特产。”

他妈妈:“她是不是跟别人订过婚？”

他:“不知道，再说吧。”

他妈妈:“晚上咱俩视频吧……”

我没想到他们背后会这么说我和我的家人，我很生气，也很难受。他妈妈问给没给红包这件事让我很想不通，因为我第一次去钱忠家他们也没给我呀，这些难道是讲究吗？既然是讲究，为什么他们不做，反而要求我们做？再说，这些真的很重要吗？当家长的怎么能这么引导呢？看来，我的感觉是对的，他那次在我家表现得那么不懂事，真的是因为这个。

我尽量使自己冷静。他并没有察觉到我的情绪，端来水果让我吃，还说我吃完再喂他，我在他身后白了他一眼。

我在吃水果的时候，慢慢厘清思路，尽量换位思考，当家长的这么问也很正常，应该理解，换成自己的父母，没准也会问问他什么工作，爸爸妈妈做什么的这类问题。但是说我订过婚，这我接受不了，凭什么这么说我啊？

我把这件事先压了下来，他玩游戏也顾不上我，好奇心促使我再次打开他们的对话。我一直往上翻，我看到了几张对话截图，是他发给他妈妈的。里面的内容是一个女生在骂他，并且要他把她的东西寄过去。而他妈妈给他的回复基本就是和他一起数落那个女孩子。

我再三确认里面被骂的是不是他，头像确实是他。他是背叛了前任吗？难道他劈腿了？

我关掉手机，不想再看了，我需要消化一下这些信息。这件事我对他只字未提。

回到家我想倾诉，便与闺密说了这些事，闺密劝我："家长的话可以理解，但是要注意他的人品。"

我有一阵子都很小心翼翼地和他相处，观察着他手机里的动态和他对我的态度。

过年回家前，钱忠家人请我去家里吃饭，临走前他的爷爷奶奶和爸爸妈妈一人给了我一个红包，说是当地的年俗。这个我知道，我们那边也是，他去的话，我爸妈也会给他的。我表达了感谢后，也邀请他们去我的家乡。

钱忠将我送回家，我把东西放下，他一直不肯走，我说："不早了，快点儿回去休息吧。"

他支支吾吾地说："再待会嘛。"然后他一直盯着我的包包。

我问："你看什么呢？"

他故作轻松地说："甜甜，我帮你数数红包里有多少钱吧。"

说实话，我听到这句话本能地觉得很反感：第一，我真的不在乎里面有多少钱，不管多少都是长辈的心意；第二，这是他家人给我的，他反而比我还惦记；第三，这个做法让我觉得他很没水准。

我还没有答应给他看，他已经打开了我的包，拿出钱开始一张张数起来。

我扫了一眼他的样子，无奈地进洗手间卸妆。

他数完喊："五千哦。"然后又叮嘱我，"别弄丢了，我给你放回去了。"

说实话，我感觉后面那句，他说得很做作。可有什么办法呢，这是我自己选的男朋友。

我苦笑了下说："谢谢长辈们的红包，不过，你拿走花吧，你花销比我大。"

他马上说："不不，给你的，我要它干吗。"

过年回到家，免不了亲朋好友对我的追问，所有人都觉得我马上就要结婚了，这件事指日可待。爸爸朋友众多，身边每天都围着很多人，经常听到他的朋友们抢着说："咱家闺女出嫁时候一定叫我帮你张罗，保证风风光光、气派地让咱孩子出嫁。"父母也承受着外在的压力。可是，心里的苦只有我自己知道。

我觉得我不能隐瞒父母，可这个话怎么传递才能不伤害到他们呢，我很矛盾。于是我只是说，看到了他和他家人的对话。家人劝我说："当父母的这么问，可以理解，没事儿。再往下看看。"我得到了爸妈的安慰，心里好多了。爸妈说他们家如果真的想结婚，过年肯定会安排的，要我放宽心，好好过年。

年三十那晚，我打电话给他家人拜年，他也给我爸妈打电话拜年。他爸爸在电话里说："过完年，看哪天方便，我们大人们约个时间见面吧。"

有了这句话，我心里才踏实了。钱忠这个人也许就是抠了点儿，暂时没有发现其他毛病。我问爸爸："爸，你说这个家庭是不是太现实了点儿？"

爸爸说："成了一家人就不会这么计较了，再说了，爸爸的钱够你们花一辈子了。"说到这儿，爸爸拍了拍我的头，"知道你要强，这不也跟我们证明了你的能力吗，自己折腾着找到了好工作，还交到男朋友，别跟他计较这些小事。从今以后，你不用证明了，爸妈每个月还是给你生活费，你想买啥买啥。"

我和爸爸撒娇说："就不，他要是真这么势利，再敢背后这么说我，我就不要他了。"

爸爸笑了，说："好好好，这孩子，给你惯的。"

钱忠约我初六去旅游，我很犹豫，因为平时很少时间陪父母，我想趁过年多陪陪家人。但他一再求我，我最后折中说初十再出去玩吧。而且我还有一个疑问，不是说过完年大人们要见面吗，我们这一走，这事就等于不可能了，那要等到什么时候？年一过，都没空了。

父母倒是开明，说："想玩就出去玩吧，顺其自然。"并且嘱咐我，不要都让男孩子花钱，自己也要花，还要我多花。

我们决定去云南玩，从大理到丽江。

旅行是快乐的，可以增进感情。我也听说过，要看一个男人能不能结婚，就要跟他去旅行，这样在途中会有很多琐碎的事情发生，最能看出两个人的性格和彼此间的包容度。我也是带着这样的期待去的。

起初，一切都很顺利。他的性格我也摸索出来了，只要跟他玩在一起，他就会很开心，并且对我百般照顾。慢慢地，我将电话信息的事也淡忘了，也可以说是不再计较了，放开了和他在外面吃喝玩乐，除了酒店和机票是他花的钱，其余的一切全是我掏腰包。我觉得既然出来了，就要开开心心的，不要在乎那么多。看着他开心，我也很开心，还觉得之前是自己太敏感了。

这几天我们确实感情升温极快，他每天计划着我们的行程，一路上也很照顾我。除了有一件事他有些不开心，那就是刚到大理的时候，我们要去古街里居住。古街的路特别不平整，而他的行李箱是名牌的，五千多的箱子，他不舍得轱辘，居然抱着行李箱走。我笑他滑稽，说："哎呀，行李箱买来就是为人服务的，既然买了就不要心疼，咱买得起就用得起嘛。"

他还是一副心疼的样子，在大街上就嚷嚷着："啊啊，我的轱辘，我的轱辘。"

可能因为我说的话刺痛了他在乎的面子，那天晚上他的情绪总是一阵晴一阵雨的。

挽回他的快乐，是我用钱做到的。他看我什么都抢着付钱，觉得心里过意不去，才对我态度转变的。

事情的转折，是在我们去玩索道的那天。

那个索道很高也很长，光上去就要坐二十分钟，而且它不是那种全包围的缆车，而是只有一个带围栏的靠背座椅，旁边什么也没有，看着有些危险。我们就像坐在了一把直接被绳子吊起的椅子上似的。

这里的风景倒是特别好，我们观赏着山下的景色。在索道上升到一半的时候，他伸手拿手机，我的包包被他不小心碰到，从座椅后面的空当掉了下去。我惊呼，眼看着包包就掉在山坡上。情急之下我看了下索道柱子的号码，记住是在 10 号柱附近掉的，看看有没有办法找工作人员捡回来。我们必须要捡回来，因为里面有我俩的身份证，明天就要坐飞机回京了，没有它我们回不了家。

他的第一反应却说："你怎么这么不小心啊！怎么不抱好呢？"

我皱着眉，没有回应他。

发生这样的事，我也很着急，而且它之所以掉下去，是因为被他的手碰的，我还没有因此指责他，他却先埋怨起我来。

他也许反应过来自己的话有些不太合适，换了个口气说："别着急，既然掉了，一会儿上去看看有没有办法捡回来。"

我说："嗯。"

这样的事换成谁，也不会在短时间内开心起来的，所以我满脑袋都在想办法，一直没有说话，也没心情玩了。

过了几分钟，他很不爽地说："你黑个脸给谁看啊？我都跟你说了，一会儿上去想办法，咋就好不了呢？"

他的这句话惹怒了我："我知道啊，我在想办法啊，而且咱俩身份证都在里面，我也着急呀。”

他说：“你想办法又能怎样？好像你能解决一样。”

我不再理他，他也不再理我了。

我们在沉默中到了索道终点。上去后，我第一件事就是找到工作人员反映了情况。他们找了一个人跟着我们又花了二十分钟下去，然后坐新的再上来找，等经过十号柱时，并没有看到包包。

我着急地跟工作人员说：“刚刚明明就在这儿的。”

工作人员说：“不一定找得到，因为山上有很多猴子，也许被它们抓走了，或者滚到山下了。”

我还是不死心地仔细搜索着，就在我几乎放弃的时候，工作人员突然冲着一棵树下说：“你看，是不是那个？”

我看到兴奋地说：“对，就是它。”

工作人员暂停索道，然后顺着柱子爬下去，终于拿到了我的包。

我给了工作人员两百元钱作为酬劳，衷心地表示感谢，心情也舒畅起来，但钱忠却有点儿不开心。

我们匆匆结束了当天的游玩，回到酒店。他把拖鞋摆在我面前，烧了一壶水，就上楼了。我在楼下喝了杯水，觉得他在向我示好，不过我还不困，于是就在楼下沙发上看电视。我以为他困了，就没去找他。

出了一天汗，我想洗个澡。阳台上有一个浴缸，这样可以边泡澡边欣赏外面泸沽湖的景色。

在我放水的时候，钱忠下来过一次，点了一根烟就上去了。

我洗完澡刚出来，钱忠又下来了，我开始擦头发，他坐在沙发上突然说："你什么意思？"

我问他："怎么了？"

他阴阳怪气地说："你真行，还好意思洗澡？"

我反问他："我洗澡怎么了？"

他站起来指了我一下："你就是个白眼狼，我对你这么好，你居然好意思洗澡？"

我觉得他这个逻辑很可笑，这明明就是在找碴儿。

我很无奈："你别无理取闹了，怎么就白眼狼了？"

他说："哼，不就是没给你买包吗，瞧你今天包掉了那德行，哪个男人给你买的？还有，我都安慰你了，你一下午拉脸给谁看呢？"

我很无语地看着他，拔高嗓门儿说："谁跟你要过包啊？我最后跟你说一次，我之所以着急是因为里面有我们的证件，其次才是包包，那包包是我过生日的时候我爸给我买的，不信你问去。"

他听完站起来就冲向我，将我推倒在沙发上。

我对他吼着说："你有病吧？"

他的脸开始扭在一起，指着我，一字一顿地说："给我道歉。"

我说："凭什么给你道歉啊？"

他说："你说我抠门，说我不舍得拉行李箱，说我长得不帅，你有良心吗？"

我要被他气死了，避开他的眼光，冷笑着。

他快速地喘着气，越喘越急，脸贴着我的脸，鼻子里的气冲着我的脸一直吹，这种感觉令我恶心。我把头扭向一边，突然，他的一只手掐住了我的脖子，我用手往开掰他，他越掐越紧，我用脚踹他，他一直重复着说："你给我道歉，给我道歉。"

我用眼睛死死瞪着他，身体剧烈地颤抖着。他可能被我的样子吓到了，掐着我的手稍微松了一下。我趁机打开他的手，脱口而出："你这种行为，你的父母没有教育过你怎么尊重别人吗？"

他听完更抓狂，一把拉起我，吼着说："你骂谁妈呢？你再给我说一遍！"然后，他开始用一连串恶毒的语言咒骂我的父母。

我感觉血液已经涌上头部，一阵凉一阵热，但是眼前开始发黑，我的身子开始向后倒。

我瘫坐在沙发上。

他骂累了，发泄够了，才坐在一旁抽烟。

由于我刚洗完澡，浴巾也在推搡中被扯掉，身上很冷。我伸手去拿衣服穿好，去洗手间把头发吹干，想着我该怎么离开这里。我一刻都不想跟他相处下去。

他过来找我和好，我没有理他，自顾自地收拾东西，他看我真的要走，急了："你干吗啊，没完了啊？"

我说："没完的是谁？"

就在我上楼的时候，他把我从楼梯上拽下来。这次我真的忍无可忍，用尽全力把他推开。他一个踉跄，然后又扑过来把我按在墙上，在我耳边恶狠狠地说："你走一个试试啊。"

我玩了命一样跟他打了起来，我的手臂和手感觉热辣辣地疼，但我还是要不顾一切地把他打倒。他从我的眼神理解了我的心理活动，便开始软了下来，他知道我真的急了。

我看他不再闹了，便说："行，我今天也不走，你也甭跟我闹。你可真有本事，动手打女人，真有出息。"接下来不管我说什么，他都不再说话了，局面像反过来一样，开始变成我骂他。但我没有一句脏话，也没有侮辱他的家人，只是说道理说到口渴，说到筋疲力尽。

沉默了一会儿，我拿起电话给我爸打电话，当我第一句叫着爸爸的时候，他很紧张地向我这边看。我没有跟家人说这件事，只是在报平安。家人以为我们玩得很开心，问我们都去哪儿玩了，我忍着委屈，装着很开心的样子打完这个电话。我打这个电话其实是给他一个警告，要他记得之前他可是见过我爸爸的，起到一个震慑或者要他内疚的作用。

果然，他开始说好话了，还满脸委屈地怪我没哄他。

我不想跟他说太多，只是想稳住他的情绪，盼着快点儿到明天，回了北京我就跟他分手。

我们再次陷入了沉默。

我不知道人居然有这么大的反差，这完全不是我认识的那个钱忠。现在想起他刚才的样子，既滑稽，又可怕，他居然有家暴倾向。这太不可思议了。

他先开口说话，说他饿了。我说：“走。”

我走到门口，他还是没动，我回头看他，他委屈巴巴地看着我说：“你来哄哄我嘛，跟我道个歉。”

我看着他这个样子，认为他一定有精神分裂。我没说话，就是看着他，他识趣地起身跟着我出门。

席间，他傻笑着问我：“你说我帅吗？”

我应付地点点头：“帅。”

不知道他哪儿来的自信接着说：“你看，你都不敢跟我唱反调了。”

吃完饭回到酒店，我在沙发上坐着，他过来跟我撒娇，我强忍着心中的反感说：“我真的累了，先睡吧，明天赶飞机呢。”

无论我给他摆多臭的脸，他也都没脾气了，反倒是乖乖地上楼给我铺好床铺，倒好水。

我关灯躺在床上，一夜未眠。

在回北京的飞机上，我一直没说话，盯着窗外的白云发呆。他问：“你会跟我分手吗？”我没有回答。

他便不敢再跟我说话了。

回到北京，我借由工作忙，又鉴于他的性格比较偏激，我用慢慢疏远的方式来解决我们的问题。但我们两家父母都觉得我们处得不错，他的爷爷奶奶总让他周末带我去吃饭。身边人给我的压力使我很矛盾。钱忠这段时间表现很好，我不想见他他就不来烦我，但是每天从早到晚发信息关心我，并且大段大段地给我发他认识到自己错误的信息，自我问题剖析得很深刻，检讨得也很深刻。他说那天不管什么原因，都不该动手，但是因为他回去就倒水、摆鞋的，没想到我没有上楼找他，他左等不来右等不来，就下楼假装拿一根烟看看我在做什么，发现我在看电视，他犹豫着上去，再下来时，看到我居然在洗澡，就感觉很生气，等了半天和好的机会，我都没有配合，所以最终导致他心态失衡，说出了那句“还好意思洗澡”。他承认了自己火爆的脾气，说他更接受有事说出来，哪怕吵架，而不是用冷暴力。他将我们出去玩的每一件引起不快的事都说得很清楚。

时间一久，我有些动摇了。

经过他长时间坚持和好的表现，最终我没忍心跟他分手，而是选择再看看。

我的发小很快要结婚了，我记得钱忠跟他妈妈说我没有带他见过朋友，所以我想趁这次机会约发小来北京吃饭。

发小婚礼定在 8 月，她出于关心我，就问钱忠：“你俩啥时候办事儿呀？”

钱忠想都没想，张口就说：“5 月。”

我很惊讶地想，这是啥时候定下来的事，我怎么不知道？5 月？现在是 3 月底，一个月就结婚了？这种玩笑可不是在发小面前随便开的，她知道了，她爸爸就会知道，她爸爸知道了，我爸爸就会知道。这可不是闹着玩的。

我没有当场戳穿他。

吃完要结账了，发小未婚夫要去，被我拦下了，我说："你们来北京是客，而且今天是我们请你们的呀。"

我赶紧去结账，钱忠就像外人一样给我让开位置让我出去。我看到发小和她未婚夫有些不自在，可能觉得钱忠的行为有些不妥当。但还好，钱忠后来跟来了，我们花了九百多，我交钱时候钱忠说："我来吧。"

我说："没事儿，不用了。"

他就把银行卡收了，然后对服务员说："那给我开张发票吧。"说着就掏出了名片。

我对他这种做派很不爽。

回到家我有些不高兴，问他："怎么能跟他们说5月份结婚呢？"

他不以为然地说："哎呀，开玩笑呢。"

我反问："这是开玩笑说的事吗？你要知道她是我的发小，等于娘家人，人家可没当你在开玩笑。"

他冲我嚷嚷："傻子也知道在开玩笑啊。"

我问他："那你觉得我们什么时候结婚？"

他愣了一下，说："顺其自然呗。"

我把之前对这件事的犹豫和疑问都抛给他："当初你家人见我，就说要见我家人，这么长时间过去了，怎么不提了呢？"

他很没底气地说："这不是没时间嘛。"

我没有再说下去，我知道他大概的意思就是拖，拖到他找到下一个他认为更合适的人。

于是，我起身回家了。

我感觉很累，总是有鸡毛蒜皮的事情让人这么不痛快，他抠门我可以认了，我也不缺钱，不愿与他计较。可是性格上的问题是没办法改变的，前两天刚原谅他，他又开始这样了。

半夜他一直给我打电话，我最后不耐烦地接起来吼他："你不睡觉我还睡觉呢！"

他哭着跟我道歉，说不该随便开玩笑，使我在发小面前为难，哭了足足半个小时。

我最后耐着性子跟他讲了好久道理，这事才算过去。

有一天，他给我打电话，问我有没有钱，我问他要干吗，他说托朋友在国外买了一块劳力士手表。很早之前他就跟我说喜欢那块表，我那时候确实跟他说："那咱们就攒钱买。"

可是现在发生了这么多事，他平时花钱又大手大脚的，他爸妈即使再有积蓄，也禁不起他天天见风就是雨地要钱。既然可能会成为我未来的丈夫，那我从现在开始，就不能总随着他。自己有钱就买，没钱就努力赚了钱再说，不能打肿脸充胖子，去追求那份虚荣。

我问他："你借多少钱？"

他说："六万。"

我说："我没有。"

他又说："一万也行，你借给我，我过两天就还你。"

我说："我真没有，你知道我刚交完房租。"

他说："没关系，我再找别人借，你先忙工作。"

挂掉电话，我给闺密打电话说这个事情，闺密说："他明明没钱，还敢买六万块的手表，没钱装什么蒜啊。"

闺密接着对我说："他就没想跟你结婚，真的要跟你过一辈子的人，哪敢跟你张这嘴啊？根本不考虑你怎么看他。"

我说："也许是把我当自己人才会这样说呢。"

闺密反驳说："你傻啊，换了你，你现在没有钱买一块劳力士，而你认识了现在男朋友，人家各方面都不错，你好意思跟人家开口要钱吗？还是因为自己买不起张口！"

我想了下说："我是真不敢。"

闺密说："这人虚荣心也太强了，成天脑子里想的都是什么，根本不像个要马上结婚的人。"

听完闺密这些话，我也觉得这个钱忠只是在一开始追我的时候下了点儿功夫，成天想着结婚。但是现在说话和做事完全不是那么回事了。

他买表的事我没有参与。过几天他来找我的时候，我看他手腕上已经戴着那块劳力士了，还问我好不好看。后来我看他手机才知道，他是向他妈妈要的钱。

他："我快过生日了，你不送我点儿啥？"

他妈妈："你想要啥？"

他："手表，劳力士，六万。"

他妈妈："你已经有手表了还要手表干吗，太贵了。"

后面的信息隔了两天才有的，就是他妈妈给他的转账信息，因为他说："手表买了，我没钱，人家已经给带回来了，你快把钱给我打过来。"

我把这件事吐槽给闺密，闺密表示很无语："这人真没良心啊，胆子真大，这不是逼他妈妈吗？你还指望着他能对你好？这种人太自私了。你不觉得你交的不是男朋友，而是养了个儿子吗？"

我开始将我对他的注意力抽离，如果说暴力倾向是意外的话，那么这些事情可以证明，他确实有很大的问题。有了手表，他每天都很开心，我好像跟手表沾了光一样，因为他很长一段时间都没有找我的麻烦，也不给我找麻烦。我就想着，这真是个孩子，完全没长大。

他在情人节那天站在我公司门口，捧着一大束花等我，我见到他说："谢谢，很漂亮的花。"

他立马哼哼唧唧地说："哼，你都不开心，都没有我想象的那样开心。"

我语重心长地说："钱忠，不是说别人没有按照你想象的表现就是不开心，你和我相处要知道我是谁，而不是我是你想象的谁。"

其实，我之所以没有分手，是因为我有一种想改造他的心理，觉得他不成熟或者有机会教育他成为我想要的样子。或许，真应了闺密的那句话，把他当儿子养了。

闺密要我放弃这种念头，说："想要改变别人很难，能改变的只有自己，不要对此抱有幻想了。就像他想改变你，你愿意为他变成他想要的事事服从、他闹情绪你无条件地哄他那样子吗？你做不到的，就算你做到了，你能保证永远这样吗？你做不到的时候，就是他对你炸毛的时候。"

我觉得事情没有闺密说得那么严重，我还是想试试，因为他在不跟我闹事的时候，还是很照顾我的。

他陪我过完情人节，就说要和他妈妈去天津，因为天津有一套房子打算卖掉。

到了天津他给我发了房子的照片，我在上班，对他没有太多关注。

晚上我给他发信息，他很久都没回我，我就打给他，他还是没接。半小时后他给我回过来，说刚才陪妈妈看戏呢，太吵了没听到，挂了电话还给我发了一个大戏台的视频，并嘱咐我早点儿休息。

等他回北京的那天我去找他。我承认我对他失去了信任，所以，我打开他的微信翻看，看到了一个陌生的头像，是个女生，头像很非主流。点开聊天记录，我都惊呆了。

女生："情人节过得开心吗？"

他："没过。"

女生：“我都看见你发照片了。”

他：“就吃了个饭，太累了。”

女生：“那你不找我？”

他：“你不是也没找我吗？而且你那么多男朋友，想得起来我吗？”

女生：“那几天姨妈期，不方便。”

他：“那今天晚点儿呢？下班来找我。”

女生没回，但是在半夜三点的时候这女的发了一个笑脸。

我强忍住怒气，分析这个信息的时间，正是他跟我说去天津的那天。我打电话给闺密，哭着跟闺密诉说着：“你说他脾气暴我能忍，没事爱找事要人哄他我也能忍，但是他背叛我，我忍不了！”

闺密安慰我说：“看对话应该没有下文了，你也别难受。不过你要想好了，这个男人你到底爱不爱。如果爱，你就要想，结婚以后你能不能承受这些，如果不能，果断放弃，这种事只有零次和一万次。你如果能……”闺密犹豫了好久说，“应该谁都接受不了吧。”

我一时没了主意，脑子里很乱，发疯一样在地上走来走去。他在楼上睡觉，我在楼下足足想了两个小时我该怎么办。如果此刻我一走了之，他绝对会像以前一样找我纠缠，我不想再经历这些了。但我如果现在上去跟他对峙，一定少不了争吵，甚至逼急了动手，我也打不过他。

可是我咽不下这口气，我跟闺密在电话里左商量右权衡的，最后还是决定找他把话说清楚。

今天就是要分手。

闺密说："你总是在害怕，第一次他动手打你，你就原谅了他，他此后变本加厉，因为他觉得吃定你了。由于你想结婚，不敢跟他吵架，怕失去结婚的机会。我想问你，你怕什么？以你的条件，什么好男人找不到？他算什么？根本不配你好吗？他敢打你，你打回去啊，凭什么让这种败类欺负。"

我被闺密说的一阵热血，冲上楼把他从睡梦里揪起来，我把手机举在他面前问他："这个女的是谁？"

他看了下说："不认识啊。"

我说："钱忠，到现在了，还是见了棺材不掉泪啊！什么叫姨妈期不方便？"

他把眼睛睁大说："我真不认识。"

我冷笑着说："行，不认识，我现在念给你听。"

他这才坐起身子开始道歉："我就是无聊，胡说的。"

我说："胡说能三番五次地让人家来找你？你不是跟你妈去天津了吗？怎么解释？"

他说："我就是去了啊，不信你问去，这个真是胡闹的，我人在天津，她咋可能找我？"

我把手机摔在床上，站起来就拿东西，"分手！"

他赶紧起来求我，几番下来抓我。我说："你别碰我，我嫌你脏。"

他急了，又来拉扯我，这次我没有被他吓到，狠下心跟他撕扯。我们在卧室打得不可开交。他虽然不敢真的动手打我，但会用胳膊或者身体来压制我。我是豁出去了，只要被他抓住动不了，我就发疯一样地叫，甚至咬他。他几度被我推倒，一屁股坐在床上。

我看见他坐在床上大口喘着粗气瞪着我，这个形象真的很丑，连我自己都觉得我们打得很滑稽，很荒唐。他点了一支烟，我趴在床上不哭也不闹，折腾这么久真的很累。

不知时间过了多久，空气开始变得凉了起来，我起身看他，他盯着我胸前一眼一眼地扫着看，我低头一看，我脖子下面流血了，红了一片。我以为自己要死了，吓得哇的一声哭了出来。

我这一哭，把他吓得赶紧把纸巾塞我手里，快速跑下楼给我拿来创可贴。

这次，我趴在床边哭了很久，他就一直坐在我身边一根一根地抽烟。

哭累了，我跟他说："我们分手吧。"

他说："打死我都不同意。"

我说："你有暴力倾向，那次我原谅了你，现在你还是这样，而且你生活作风居然这么不检点。你变了，不是我刚认识的那个钱忠了。"

他低着头摆弄着手指说："你说什么都没用，我不同意。我现在可以送你回家，但我不同意分手。”

我说：“那送我回家吧。”

回家后，我第一件事就是把他所有联系方式拉黑。以前的我没有勇气真的下决心跟他分手，是因为我把事情想得太复杂了，总是背负了很多所谓的责任，他是我带回家的第一个男朋友，而且人尽皆知，我总担心不好收场，父母也跟着难过，所以忍气吞声并给自己洗脑似的以为他还是可以改变的。闺密对我说过几句话让我减少了很多压力，她说：“父母之所以希望你结婚不是因为着急，而是希望你碰到好的男人要珍惜。但他现在这么对你，你从来不敢跟父母说实话，不敢跟父母说他和他妈妈背后的对话，不敢跟父母说他动手打你，更不敢说他生活作风有问题，这些你如果真的说出来，你父母能同意你跟这种人结婚吗？不打断他腿算轻的了。作为父母，他们愿意无条件地站在你身边保护你。”

我这次想得很明白，我给爸爸打了个电话，虽然没有将他做过的所有事情都说出来，但我很斩钉截铁地跟爸爸说，钱忠的人品有很大的问题，我和他分手了。爸爸真的没有多问，还安慰我别难过，问我他有没有欺负我，我说：“放心，只是和平分手。”

这件事在我这边，就算结束了。

有一天我在外面吃完饭回家，一进家门钱忠居然躺在我的床上，我质问他：“你怎么进来的？”

他说：“我之前配过你的钥匙，你不想我吗？”

我放下东西赶他走。

他说：“你去哪儿了？这么晚才回来。”

我说：“跟你有关系吗？”

他哼了一声，说：“你真没良心，我家人和我对你那么好，你咋想的？”

我嘲讽地说：“那你们对我真好。”

我不想再跟他吵架了，也不想招惹他，直接回屋去睡觉了。他倒是没再烦我，也没走，就这样待了一晚上。

早上我起来把家门虚掩着，然后坐在书桌前看资料。

他醒来看着我问：“饿不饿？”

我说：“你该走了，把钥匙给我。”

他有点儿着急，说：“有完没完啊？这么长时间还没消气啊？”

我说：“完了呀，是你没完啊。”

他盯着我看了半天，说：“行，我把好的东西都给你了，你怎么这么不要脸，白眼狼。”

我反问他：“你给我什么了？是送我个键盘？还是去商场你买香水后赠送给我的面膜？哦对，还有过年长辈给的红包。我可以通通还给你啊。”

他气得站起来指着我：“你给我什么了？你说送我一个礼物到现在都没给我，你付出什么了？”

我一副恍然大悟的样子：“哦，原来是要礼物啊！我就是在你对我动手后觉得你不配我送你礼物啊。怎么了？”

他走到窗前，举起椅子就砸在地上，然后将我书桌上的东西全部掀翻在地。我站起来走到门外，拨打110，但我悄悄挂断了，他见我出去站着，看着我犹豫了一阵没说话。我又走进来，关上门，然后坐回床边。我就是要用我的行动告诉他，我不怕你，门锁了，看你能干吗?

他见我这样视死如归的姿态，反倒不闹了，开始求我。

别人对你的绝望和不在乎一定能感受得到，这次我真的铁了心了。他用眼角瞥了我一眼说：“甜甜，你其实挺聪明的，呵呵。”

我想都没想就回答他：“我要是聪明就不找你了。”

他被我噎得说不出话来，站起来就往门口走，脚步声很重，像故意跺着脚走。

我喊了一声：“你等等，把你配的我家钥匙给我留下。”

他回头瞪着我，从裤兜里把钥匙掏出来摔在地上，打开门就那么走了，门被他甩得晃来晃去。

我起身将门轻轻关上，想着他的那句“你其实挺聪明的”是什么意思。

后来我才想通，他其实做的这一切，都知道我很明白，而且我委曲求全地为了家人和他捆绑在一起。我们都不快乐，我不知道他是不是故意这么做来逼我放弃他，但我想来想去，都有吧。

我想起以前他妈妈还给他发过一个信息，就是：“以后咱们的聊天，你要及时删掉。”这让我觉得家庭教育对于一个人的成长影响有多严重。对比一下，我的父母在得知他们的对话后，一直劝我不要那么想别人，要我换个立场来想，要我很积极地看待别人，总挂在嘴边的就是那句“能理解”，这在无意中教育和化解了我对钱忠的很多不满。

我庆幸自己没有嫁给他，庆幸自己能在婚前这么透彻地看清一个人。

我不会着急而盲目地去找所谓的“门当户对”，以它为前提不一定是对的，人品才是最先要考虑的因素。

那晚，我做了一个梦，还是在那条索道上，梦里我又一次眼见着包包掉下去，我在惊吓中醒来，长时间地在黑暗的房间里出神。我在想，那次并不是包包掉了，是我和钱忠之间的信任，还有彼此的坦诚丢掉了，即使它被捡了回来，也已经沾染了尘土，再也回不去了。

租来的生活

最近我看林木总是鬼鬼祟祟的，回家总要打开衣柜翻一会儿。我问他干吗呢，他很慌张地说没事。等他走了我打开衣柜找了半天，才在最下面发现一个盒子，里面放着最新款的苹果手机。

我猜了半天也不知道这是给谁的。

有一天，我们为了这个盒子吵架，他很委屈地说："本来我想在你生日的时候给你。"我看着他走向衣柜，才知道，手机原来是给我买的。

我问他哪里来的钱，他没回答，只是说，明天还要带我去一个地方。

第二天，他把我带到了王府井，走进商场他突然把胳膊弯起来，示意我挽着他，然后将我拐到某一线大牌店。一线品牌的包包最便宜的也得五六千，我就想着，我们以前从来没逛过，难道他这次要我给他买个包包吗?

服务员非常殷勤地询问和介绍着。

林木拿腔拿调地问我:“老婆，你喜欢哪个？”

我瞪大眼睛:“什么意思？”

林木:“我送你，你喜欢哪个包包？”然后小声对我说，“九千之内都可以。”

我难以置信地用眼神问他:“真的可以吗？”

我走到一款经典包包前，服务员说这是去年的款，今年有新出的。于是，新出的这款包不到两分钟就变成了我的个人物品。

走出王府井我都没回过神儿来，因为我一直觉得男朋友林木就是个一毛钱都没有的穷光蛋，今天突然有钱给我买上万块的包和手机，这种幸福来得太突然了。

我抬头看着林木，才发现他哭了，瞬间我的鼻子也一酸，内心五味杂陈的。我看他哭，我也开始哭，我俩谁也不说话，一起站在王府井大街上哭。

后来他对我说，钱是他平时打比赛赚的，因为父母离婚，生活费都是他妈妈给，一个月就给八百块钱，根本不够他花的，全靠这些比赛才攒下的。

我有些内疚，也觉得他可怜。

我说，以后别给我买这么贵的东西了，自己留着吧。林木突然举手发誓，说以后赚钱一定都给我买最好的。

我和林木谈恋爱的半年后，我在平乐园路口站了很久，直到一辆轿车刺耳的喇叭声将我惊醒。

回到家我呆坐在沙发上，林木紧盯着屏幕用后脑勺对我说：“一会儿陪我去昌平打比赛吧？”

我问：“户外吗？”

林木：“就知道你怕晒，我都给你准备好了，雨伞、零食还有我的队服，你可以披身上，这样就晒不黑啦。”

林木是个职业篮球运动员，身高一米九一，从高中时期就带领球队拿下过很多场比赛的冠军，几乎场场个人 MVP。他眼窝深陷像个混血儿，笑起来却有点傻劲儿。

现如今林木打 CUBA，每天早上九点准时去训练，他都会提前为我买好早餐送来，荤素搭配。他光脚从木地板上走过来，总会发出沉闷厚重的咚咚声。他会来吻我的额头，然后拿走床头上我给他准备的一百块钱。

我是一个平面模特，平时的工作很轻松，就是接一些广告拍摄的活动，闲下来就是专心谈恋爱。这套房子我租在林木学校旁边，小区是开发商自己留的七栋楼，户型大，装修漂亮。林木上学没有钱，所以我个人承担房租。很多人对我说林木有吃软饭的毛病，我却说他本来就在上学，家里给的生活费又少，怎么可能承担我昂贵的房租，再说即使他可以承担，我也不需要。

我就这样没心没肺地在北京生活着，每天与他们球队吃饭聚会。林木打完球会招呼队友来我家看球，他们买上零食、水果、啤酒，会做饭的给我们做饭，最后连北京某高中的球队队员也被召集到我家里，我的晚饭从来没和林木单独吃过。

和林木最开始相处的几个月里，他经常会和我说："我爸妈在我初中时就离婚了。我爸把我妈打跑了……小时候我在沙发上看电视，他俩吵架，我爸上去就打……"

他说这些，好像在讲别人的故事一样，他已经麻木了。

他的爸爸是北京人，妈妈是东北人，他在北京出生。我第一次见他妈妈是去她的单位，他妈妈是个牙科医生，我们买了些水果，一路上开心地玩闹。

他妈妈穿着白大褂，胖胖的，一头短短的卷发，在马路对面朝着我俩招手。

阿姨见了我很热情，拉着我的手和同事们炫耀，要我以后一定做她儿媳妇。阿姨把我拉到仪器旁边小声说："既然都来了，我检查检查你的牙齿，看看有没有坏的，正好给你补补，不要钱，这儿阿姨说了算。"我茫然地看着林木，他说："没事儿，我妈别的本事没有，拔牙很厉害。"我一瞧他都不帮我说话，赶紧就说："阿姨，我牙挺好的，没毛病。"

她笑着就把我按在仪器上说："没事儿，我先看看。"

我已经被按到了椅子上，灯照在我脸上，她戴上口罩，口气恢复成医生的专业口吻："来，张嘴。"我乖乖地配合着她，她说我有两颗智齿，还让林木过来看。

林木对我说他的智齿也拔了。

由于我的脑袋被他妈妈控制着，只有眼珠子能转，于是我偷偷瞪着林木。

阿姨对我说："我给你拔了吧，早晚也是个拔。"

我疯狂地摇头，可是没用啊，没等我同意，一针麻醉就下来了，没一会儿就让我"别动，很快，张大嘴，张到最大"。然后就是一个冰冷的东西疯狂且用力地敲打着我嘴里的牙，敲了很久，我感觉我周围的牙齿都要被震碎了，张嘴张到腮帮子疼，连一旁的林木都看不下去了。我感觉我的这颗牙齿很牢固，死死连着我的嘴，一个钳子一直在拽我的牙齿，而且拽不下来就开始敲，使劲儿敲，这样反反复复，到后来我已经觉得不是在拽我的牙齿了，而是拔我的脑袋，因为每拽一次，我的脑袋就跟着上仰一次，我的恐惧和耐心已经耗尽了。

我最后连嘴都懒得张了，每隔一会儿他妈妈都让我吐一下，一吐就是一嘴血，后来我就直接吞了，对，全部都吞了，胃里一阵酸辣、灼烧。我看着天花板，眼角是他妈妈的半个身体，敲敲打打忙乎的身影，我心里一阵酸楚，听说别人见家长都是好吃好喝，还给红包，为什么他妈妈见了我就把我的牙拔了？

我咬着棉花一脸痛苦地看着他们娘儿俩，阿姨拉着我的手假装很凶地对林木说："你可不能欺负她，你要敢打她我揍死你。"

接下来的一段时间我都笑不露齿，因为我一笑就会有个黑窟窿，闺密一见我就笑我，她一直想搞清楚我到底是被拔了左边的牙还是右边的牙。

我告诉她：“两边的都拔了。”

林木的妈妈每周二休班，她一个人住在良乡，离我们很远，所以在周二一大早起来就开始炖肉，装在大保温壶里，然后坐将近两个小时的公交车到我家，说为了给我俩改善伙食，让我们尽量少吃外卖。

他妈妈不管来多少次，永远都会说那句“你可别打她”，一边说，一边大力地拍着我的后背。

我们俩偶尔也吵架，但每次我数落他的时候他都站得倍儿直，双手交叉放在身前，低着头，我说着说着就产生了幻觉，这态度也太端正了吧？难道我说得有点儿过分了？个子和块头那么大，摆出这个乖巧的姿势其实还是很滑稽的。后来我无意中看到他们教练发飙，他们每个人都是这个姿势，原来是身体记忆性动作啊。那时我以为像他们这样习惯挨骂的样子，这辈子都不会轻易打架的。

有一天晚上我和他吵架，一生气我就离家出走。我穿着连衣裙，晚上十点左右走在小区旁边的一条小街道上。小街两边有很多理发店、超市和小酒馆。一间小酒馆门口有两个男人抽着烟聊天，我走进旁边的超市打算买完水就回家。这两个男人上来跟我搭讪：“美女，要不要到前面喝一杯？哥请你。”我没搭理他们，加快步子，因为我闻到了其中一个人身上很浓的酒味。喝酒的那位不依不饶地在身后嚷嚷着叫我别走，他旁边的那个人追上我说："他喝多了你别介意。"我还是没理他继续走，没想到这个人一改刚才的斯文，豪气地说："哎呀呀，走吧，没事就去喝一杯或者唱歌？要不三里屯咋样？"这下给我惹急了，我转身笑着说："好啊，不过人太少了，我朋友在前面住着，我给'她'打个电话，咱们四人一起去吧？"大哥一听眼睛都笑成一条缝儿了，连着说"好啊好啊"，还给我递烟，我收起笑容："不会。"

我马上给林木打电话："这有俩哥哥请咱俩喝酒，你快下来。"告诉他位置后，林木立刻明白我这是有事了。

我一屁股就坐到路边台阶上，那两个男人走过来特认真地商量去哪儿喝，而且我听出来他俩没多少钱，既怕丢面子，又怕我宰他们，在我面前唱双簧，我觉得一阵恶心。

我看到林木出现在路口，他看到我的时候就放慢脚步假装路人一样走过来，我也怕他俩有所防备，所以没有起身。

林木离我几步远的时候，突然指着那俩男人吼着问我："是不是这俩臭流氓？"

我答："就是他们。"

林木二话不说，上去就打。我这才看清，林木居然穿着人字拖就出来打架了。那俩人被林木几脚就踹得前仰后翻，林木一句话都不说，就只是打。

林木不但穿着凉拖，而且还背着书包，他从书包里掏出一样东西，居然是我家的菜刀！

我怕出事，赶紧喊着："林木算了，别打了。"

那两个男人现在是各跑各的，林木抓住一个打倒后，转身就去追另一个。留下的这个人突然向我爬来，吓得我往后退了几步。他特别可怜地求我："姐姐，我们错了，让你男朋友别打了，你劝劝他行不行？我们真的错了，你看我们又没对你做啥，就是想交个朋友，求你了。"林木看到他在我身边，又跑向我这边，并大声喊着："你给我离她远点儿听见没？"这个人立马坐地上说："大哥大哥，我错了，你问她，我啥也没做，别打我了，真错了。"

这时候本来没人的街，不知从哪儿冒出来好多人看热闹，小酒馆和街边小饭馆的人都出来了。林木的T恤全湿透了，拽着那人的脖领子说："就你这德行，还出来泡妞呢？"说完一把扯住他转向我，"给她道歉。"

这件事结束时，林木将我转了个圈，问我："你没受伤吧？"然后一手搂着我肩膀就带我回家了。

我听到身后小酒馆门口，有个大姐很不爽地说了声："切。"

别人总说林木是吃软饭的，我不愿意承认，上学呢，没收入很正常。但是很多人都对我说，他上班了也一样。

有一次，他约我逛街，看上一件CK的内衣，我也拿了一件，结账的时候他没有动，毕竟我知道他的情况，所以我买单也没有多大意见。然后他又带我去另外一家品牌店，试来试去也不说买，实在是耗了太久，我说："喜欢你就买吧。"然后我们到结账的地方，他依然动都不动一下，我为了缓解尴尬，只好掏出钱包结账。在我们快走到门口时，他突然跟我说眼前的这件羽绒服好像也不错，还没等我说什么，他已经拿出他的尺码去试了。

他穿着那件羽绒服各种摆造型，说心里话，确实挺帅的，但我也不想他真的养成这种虚荣的习惯，于是我说："现在是夏天，你看羽绒服太早了吧。"他说现在反季买划算，我说："那喜欢你就买吧。"我径自走到门口，他似乎察觉到什么，过来很开心地把我抱住，将我拖了回来，说："我看那件红色的也好看，不过，你说一件衣服买两个颜色是不是不好？"我没有说话，他察觉出我的不快，立马就说："就这件吧，我突然觉得红色的不是很好看，显黑。"

于是，他拉着我给他买了这件。

那次逛街我特别不开心。

有一天，我在他去打比赛的时候发现他QQ没关，跳出一条信息很暧昧，于是我查到聊天记录，才知道这个女人就是传说中的"富婆"。

林木在很多时候和队友说话不过脑子，总得罪人。反倒是我每次给他圆场，所以他的队友们慢慢都成了我的好朋友，偶尔会跟我透露一些小道消息，这个女人的消息就是其中之一。

据说林木跟这个女人不清不楚，以前在球队夜不归宿就是去找她，而且这个女人已经结婚了，夫妻俩都是很有名有钱的名流。我看过她的照片，所以知道QQ空间里的人绝对就是她。

我顿时一团怒气直塞胸口。

聊天记录显示他们本来约好去吃日料的，但因为下雨，林木发了一句“真是天不作美呀”，而这个女人叫他“宝宝”。

林木回来后，我们为此大吵了一架，气得我把家里的平底锅盖在他头上。他看见我冲向他，吓得睁大眼睛，一直和我道歉，并拉黑对方，发誓说再不联系了。

折腾了几天几夜，我们和好了。

我是很喜欢过周末的，周末对于我来说必须要隆重、有仪式感地过。但不知从哪天起，林木每周末都要去东单打球，还非要带着我去。于是我们的周末约会变成了篮球交流会，还有一个深层的意思，“晒老婆比拼大会”。男生去那里玩儿命打球，女生去那里玩儿命打扮。

我和他在那里认识了几乎半个篮球圈的人。

有次我从早上开始便发高烧，林木打完球回来看我，说下午不去东单打球了，在家照顾我。

我无力地说：“没事儿。”

等到快下午两点的时候，他给我倒好水，把药摆在我面前，皱着眉头坐在我身边看着我。我知道，他想去。

我说："你去吧。"

林木小声说："我很快就回来。"

我试着坐起来，可是一阵眩晕，便说："今天不去玩可以吗？"

他有点儿犹豫，我心里就挺委屈的，说："老公，我是真的挺难受的，你就这一次不去玩可以吗？"

他没说话，去了洗手间，出来后他都穿好衣服了。

我的表情僵住了，心里想，若是换成他生病，我绝对不会自己跑出去玩儿，一定会留下来照顾他。

我看了看他，说："你怎么就不懂得关心一下我呢？我这还高烧着呢。"

林木突然不干了，不耐烦地对我说："不就是发烧吗？不是给你喝药了吗？你不会睡会儿啊？"

我忍无可忍："滚！"

他摔门就走了。

那一刻，我特别想不开，特别难受，几近崩溃，想起了他的背叛，他的臭脾气，他的自私，于是我打电话威胁他，叫他回来，不然就死给他看。他就说："那你就去死吧。"

这句话让我假戏真做了。

晚上他和队友回来的时候我瘫在地上，手腕有割痕和血印。他队友从书包里拿出纱布给我包扎，队友的手一直在抖。林木点了一支烟，开始骂我。直到烟味儿散尽，他又来和我道歉，可是他认错的态度很敷衍，还不时地拿我开玩笑，说：“你可真行，你看这划的，都不深！”好像这事儿跟他毫无关系，倒是他的队友一直看着我不说话。

我也不知为什么，心中的怨气竟慢慢平复下来，虽然烧没退，但是我一天没吃饭，有些饿了，林木说：“走啊，咱们去吃饭。”然后一边给我拿鞋子，一边和他队友说：“咱们吃完来两把？”

队友犹豫地看着我说：“今儿别玩了，她还病着呢，早点儿休息吧。”

林木开始求我：“老婆你好点儿了吗？还难受吗？想吃什么？我们吃完就玩俩小时行吗？”

我鬼使神差地说：“我要玩通宵。”也许我太压抑了，也许我太需要陪伴。

林木特开心地给我拿衣服，他队友一直在我右侧走着没说话。

我就这样再一次雨过天晴地拖着虚弱的身体陪林木去网吧刷夜了。

林木有两个哥们儿跟我关系最好，一个是他的队长赵龙，马上毕业了，自己折腾着买了一辆大众小汽车。他是个背影杀手，从后面看，高大帅气，转身后，长相就和你想象的不一样了，眼睛很小，眉毛浓郁，但是我和他比较聊得来。我们年龄相仿，所以林木犯浑的时候，他都能理解我，并且充当着教育和开导林木的角色。另一个是在首经贸上学的张硕，富公子，老爸是国内知名品牌的老总，身高虽没有他们高，但也一米八五了。我也喜欢和张硕聊天，戴个眼镜，外表斯文，又特爱笑，而且他是个情种。

有天家里给我打电话，说我工作时候总打车也不方便，想给我在北京买辆车。当时林木也在我身边，我也没想好喜欢什么车，就跟家里人说先不用着急，我这几天挑一挑。

挂了电话我也没太当回事，因为我出门的时候打车很方便，而且，我现在要车确实也没多大用。

但我发现，接下来的几天林木每天也不玩游戏了，只要有空就在看车，还跟我说喜欢哪款类型，我对他说还不一定买呢，我都没这打算。但他也不管，就只顾着自己看。差不多一个礼拜之后，有天晚上队友来我家里聚餐，我在洗手间擦地的时候，赵龙靠在门口问我："林木要买车了？你要给他买？"

我说："没有呀，谁说的？"

赵龙笑了："林木跟我们嚷嚷快一个礼拜了，说你要给他买车。"

这件事情我也没有去问林木，他每天都很晚来找我，说要打比赛了，训练时间延长，而且周末上午也要开始训练了。

我只能安排我个人的周末计划，去健身、找闺密约会。有一天我无意中在网上刷到他的队友都在外面玩儿的照片，我给赵龙他们打了电话，问他们是不是都在训练。

我这才知道，林木撒谎了。

第二天我一早起来，林木像往常一样准备好早餐，然后拿走桌子上的一百块生活费。

我问他："今天训练吗？"

林木说："对呀，怎么了宝宝？"

我说："没事，训练完早点儿回来。"

他走后我去他们宿舍，假装无意地问出了林木的去处，这才知道，他原来是背着我去学车了。

可是他上次给我买完包包就没钱了呀，驾校学费也得几千吧。

下午他回来，我忍着没提这件事，翻过身假装睡了。他也没察觉到我的异样，只顾着玩儿游戏。

晚上他爸爸给他打电话，电话里提到了驾校的事，他支支吾吾走出去打电话，回来我就问他："叔叔说什么驾校？"

林木说："我爸，我爸让我学车。"

我问："什么时候学？"

林木说："就这几天抽空去报名。"

我深吸一口气说："我刚才听叔叔问你的是学得怎么样，好像已经学上了吧？"

林木这才尴尬地笑了笑："我刚报上。"

我说："报名费怎么交的？"

林木忙说："我爸给的，我没有了。"

我知道，他爸爸从来不给他生活费，几千块钱的学车费就舍得给了吗？

我说：“你爸爸要给你买车吗？”

林木脱口而出：“你不是要买了吗？”

我怔怔地看着他，他反应到了这话不好听，解释道：“不是，这个驾照早晚不得学嘛，没啥坏处。”

我心凉了一截，朋友以前劝我的话开始慢慢撼动了我曾经笃定的心理防线。

林木的性格很冲动，思想很单纯，他每次在我面前撒谎都会被我察觉，如果按星座来讲，他是典型的白羊座，而我是处女座。

我们的感情结束于我最后的这次出差。

我出差大概一个星期的时候，我们在电话里争吵起来了，就是因为那个“富婆”。我看到那个女人在他的微博上留言，他打死不承认，我在电话里与他争辩，他很不耐烦地挂了我的电话，我接连打，全被挂断了。他将我的微博拉黑、电话拉黑，彻底在我的世界里消失了。

我接了他哥们儿好几通电话，都问我们是怎么回事，我要他们帮我找他说清楚。朋友们都为我俩的事来回折腾。

直到晚上，张硕给我打了一通电话，他支支吾吾的。其他人都劝我们和好，甚至劝我好好跟林木说，我一下午都很气愤，我做错什么了？他们俩公开在微博上暧昧，我凭什么要给他道歉？

唯独张硕的这个电话是来劝我分手的。我问他为什么，他什么也不说，就是说：“你如果把我当哥们儿，就听我的，跟他断了吧。”

我咽不下这口气，一直追问他，是不是知道什么。无论我怎么追问，他只是一直要我分手，却支支吾吾不说为什么，僵持了一个多小时，最后终于给我讲了事情的经过。

他说林木昨天中午约他去我家吃饭，还想去网吧玩游戏，张硕陪他去了。林木在玩游戏时候突然说：“哎，知道吗，昨儿我聊了一妞儿。”

张硕惊讶地问：“你俩真分了？”

林木：“没啊。”然后接着又说，“这妞儿是我‘摇一摇’聊上的。”

张硕说林木当天下午和那女的在微信上聊了一下午，然后晚上吃饭时约在小区凉亭见面，回家后俩人继续聊。然后那个女人叫林木再次见面，当时已经是夜里十一点了，林木说要去她家，她拒绝了，说她老公虽然不在，但是不想把男人带回家。于是林木就对这个女人说，那你来我家吧。

在十二点的时候，那个女人走进了我的家。

我听完这些，全身像过电一样，两只手一直在抖，嘴唇也在抖，我哭得上气不接下气，张硕的情绪也很激动。他很大声地在电话里安慰着我，等我情绪缓过来些，他接着说：“今天中午林木又叫我去你家吃饭，说他妈给我们做……”

张硕特意当着林木妈妈的面问我们俩是不是分手了，林木说：“对，分了，她每天啥也不做。”

张硕问因为什么，林木就把话题岔开了。

他妈妈听了只是很平淡地来了句:“唉，你们男人啊。”

张硕很惊讶，他们俩在我的家里，用着我的，吃着我的，还没说一句好话。

我突然想到，有一次他妈妈来我家吃完饭，林木把他妈妈送到楼梯口，门没关，我听到林木和他妈妈要零花钱，他妈妈脱口而出:“你不是有她吗？还跟我要啥钱？”

那时候我没当回事，只是为他的家人感到汗颜。现在想想，长辈的三观就不正，怎么能给林木好的教育和影响?

张硕的话让我下定决心要跟林木分手。

回到北京，我看见那张床一阵恶心，碰都不想碰一下，一下午我都坐在沙发上。连那个不要脸的女人都知道，即使出轨也不会将人带回家，而林木却为了省钱把她带回我的家。我真后悔给他一把钥匙。

林木并不知道我哪天回来。晚上六点他回来了，我躺在沙发上，鞋子也没有换，他见了我就对我笑，还要过来抱我一下，嘴上说着“我好想你”。我一把将他推开，他开始向我道歉，笑着逗我，说:“还生气呢？”

我有点儿琢磨不透，他满世界跟人说和我分手了，背后还说我坏话，而且做了那么恶心的事，现在还好意思说这些话?如果没有张硕把事情告诉我，我现在可能真的已经原谅林木了。我终于体会到了嘴里说的爱和行动上的爱，是怎样的厚此薄彼了。

我没看他，冷冷地丢给他一句："马上收拾东西，滚蛋。"

他并不放弃，把我手里的手机放在桌子上，拉我起来，我很用力地把他甩开："别碰我，我嫌你脏。"

他突然急了："你还有完没完啊？给脸了啊。"

我怒道："我不要脸？你昨晚干什么了？你说我不要脸？"

"我干什么了？"他说完这句话，我看他眼珠子转了一下，没有之前的底气了。

我轻蔑地攥起手机，不再说话，只想他赶紧滚。

他有些气急败坏，说："你给谁发信息呢？"

我扫了他一眼，没理他。

他冲过来一把抢过我的手机，看了一下，什么也没有，然后喘着粗气突然把我手机砸到地上，顷刻碎成了两半。

我跳起来想过去推他，可他抬手就把我推倒，我没有倒在沙发上，而是倒在床头柜上，因为抽屉上有拉环，我倒下的瞬间后背被拉环从上到下狠狠地划了一道很深的血口子。我坐在地上，疼得喘不上气，张着嘴发不出任何声音。林木站在原地还在咆哮，我伸手摸了摸自己的后背，把手拿回面前时，手上都是血，刚才憋的那一口气这时才呼出来，伴着撕心裂肺的哭声，我把所有的愤怒和委屈都释放了出来。

林木看到我手上的血，应该是害怕了，一边叫着"宝宝，对不起，对不起，都是我不好"，一边过来抱我。

他在接下来的时间里一直在用毛巾为我擦血，我绝望得面无表情，想着自己该怎么办。等我情绪慢慢缓和后，我开始收拾他的东西，并不多，所以很快就打好了包。我知道这个时间他已经回不去宿舍了，但是和我有什么关系？我决定把话跟他说清楚，然后马上散伙儿。

我不能出卖张硕，所以我换了一个极其幼稚的说法，但没想到他信了。

我问：“你昨晚干什么了？”

林木一脸无辜地说：“什么也没干。”

我说：“好，不过我都看见了。”

林木：“你在说什么，我真的不明白。”

我冷笑：“还装？要我说吗？”

林木：“你说啊，我问心无愧。”

我说：“昨晚十二点，谁来我家了？一点谁又走了？那个女人是楼下的对吧，呵呵。”

林木一脸蒙地问我：“你怎么知道？”

我说：“哈，漏了吧，还说什么也没有？我告诉你，我家里一直都有监控，我没想到啊，你这么渣。”

林木转头左看看右看看，在找那个监控。

我嘲讽地笑着：“别找了，我已经拆了，我嫌恶心。赶紧给我滚！”我吼道。

他这才开始慌，但是并没有挽留我们感情的意思，而是自言自语：“吓，你可真行。”

我说：“别在这儿待着了，居然把别的女人带回我家，在那个时候，你有考虑过我的感受吗？”

林木一脸嘲讽，皮笑肉不笑地说："这是你的家吗？你租的房子就是你家啊？"

我被这句话噎得一愣，站起来指着他："你可真奇葩，我租的房子怎么就不是我家了？"

我吼着让他赶紧消失在我面前，而他过来一把将我抱住，求着我，然后嘴巴上来就要亲我。我当时真是杀人的心都有。

我觉得他就是一个变态，心理极度扭曲。我脱离他的魔掌，冲进洗手间反锁着门。我一个人在里面待到了凌晨两点。

我听到外面下雨了。

等我出来的时候，屋子里一片漆黑，我以为他走了，可是我却听到了呼噜声。

他居然在我的床上睡着了。

我为了赶回来找他，一路上身体和大脑都被疲累包围着。一天没吃饭的我，身上还受着伤，现在床也被占了。我并不想再招惹他，但又无处可去。

手机也被他摔得稀碎，联系不到任何人，我就这样呆呆地站在黑暗中。

突然我想到之前淘汰的那部手机，于是我蹑手蹑脚地翻出，把碎手机里的电话卡取出来插上，躲进洗手间开机。

我第一个想到能帮助我的人就是张硕，只有他知道事情的前因后果。拨通电话，张硕问我是不是回北京了，我抑制不住地捂着嘴哭。他听到后很着急地问："你没事吧？"

我哽咽着。

他问我现在在哪儿。我说在家。他问林木也在吗。我说他睡着了。张硕气得直骂他畜生。我说我后背受伤了。他在电话里喊：“他还敢打你啊？你别着急啊，我马上过去。”

我说：“我不想走，要走也是他走。”

张硕气得开始骂我：“他都这德行了，你还在家干吗啊？你现在把你值钱的东西还有现金都带上，他手脚也不干净，队里人都知道。我去接你，快到的时候给你打电话，你再下楼。还有，外面下雨了，你多穿件衣服，我带你去医院。”

我哭着挂了电话，再次钻入黑暗，将我的钱包、手机，包括碎掉的手机全部带好。临走前，不知道为什么，我居然在桌子上又留下了一百元。

我都看不起自己，都到这时候了，自己竟然还对他有“最后的怜悯”。

我提前下了楼，张硕十五分钟后出现在小区门口。

他拿了一把伞，这会儿的雨下得很大很大，我并没有找到伞，于是向他的方向走去。他边脱下外套边向我跑来。上了车我一句话也没说，直到他对司机说去医院时，我说：“不去。”

他争执不过我，就说：“今晚你住我家老房子，咱俩一人一屋，等事情解决了你再回去，从今儿开始不要再见那个畜生了。”

我感觉很累，没有力气生气，更没有力气哭了，闭着眼睛把头缩在他给我的宽大的外套里。

到了他家，张硕给我拿来一件他的T恤，说:“这件是新的，你换上。”顺便拿来了碘酒和棉棒，要我自己处理一下伤口。

我窝在他家沙发上，说:“我饿了。”

张硕马上就去厨房给我找吃的。过了一小会儿，他端出来一碗热腾腾的面，里面还有一枚鸡蛋和几根青菜。

张硕不好意思地对我笑着:“太晚了，家里也没有菜了，你先凑合吃吧。”

我看着这碗热面，只觉得是对这不堪回首的一天最大的宽慰。

张硕看着我把面吃完，其间一直在逗我开心。肚子不再饿了，我抢过来他刚点上的一支烟，他张开嘴刚想说什么，却停住了，又从烟盒里抽出了一支。

我本想憋住，但尼古丁的味道呛得我喘不过气来，只好大声咳了出来。张硕被我滑稽的样子逗笑了。

我眯着眼睛掐灭了烟。

我从张硕口中得知他爸爸得了胃癌，没多少日子了。听他说完，我不知道该如何安慰他，也不知道该如何安慰自己。

我睡在张硕给我安排好的屋子里，他临出去时说:“这个门可以反锁。”

我说:“不用的，谢谢你。”

他很小声地说了声："好好睡，什么都别想。"就轻轻将门掩上了。

老房子总是在下雨的时候返出一种潮潮的霉味儿，我喜欢这样陈旧的味道，它让我觉得踏实。

这一夜，我睡得很沉。

第二天我睡到中午才醒来，起来时张硕并不在家，茶几上留了一张纸条："家里厨房有袋方便面，你中午先凑合吃，晚上我回来再好好吃。"

我犹豫着要不要继续待在这里。我不想给他添麻烦，但我又不知道该怎么解决接下来的事。

张硕家有一台老旧的电视机，我闲着无聊，想试着鼓捣一下。三十二个电视台，有十六个泛着雪花儿，我盯着这些雪花出神，感觉我的冬天已经来了。

不知多久后，张硕推开门进来了。他第一句话就问我吃了没，紧接着问我伤口疼不疼。

我笑嘻嘻地说："没事儿了。"

他沏了两杯热茶，我们坐在沙发上聊了很多。他说："你知道吗，你昨天那样子我看着特别难受，我一下车，看见你一个人站在那么大的雨中，瘦弱的身体都快要被雨水淹没了。我鼻子一酸，这么好的姑娘怎么就遇到这种人……"

张硕抽出两支烟笑着递给我一支，我说："太呛了，不会再碰了。"

张硕看我这样，又不敢说话了。

我接着说："从今以后我不想再勉强自己，也不会再委曲求全。"

我走的时候，帮他把家里收拾得干干净净的。

回到家，林木已经不在了，但东西还在，我把行李扔到门口，叫人换了家里的门锁，心里终于踏实了一些。

晚上我听到林木在用钥匙开门，接着就开始砸门，并喊着让我开门。我没有理他，也没有理会他的电话。我最后发了一条信息给他，让他滚远点儿，然后就把他拉黑了。

外面闹腾了十来分钟，安静了。这次真的清净了，我又恢复了一个人的生活。

林木的日子，却并不好过。

我听人说，张硕把林木打了，而且林木乱来的事情被传开后，他的队友们在训练的时候都不搭理他。

我知道，他们是在为我出气。现在，他被球队孤立了。

我一直不知道他是从什么时候开始变的，也许他本来就是那个样子的，只是我一直屏蔽着所有人的劝慰，自欺欺人地为他开脱。

后来的某一天，林木给我打电话，说家里还有他落下的东西，我听完直接挂掉他电话。后来有人敲门，一开门，林木样子很狼狈地出现在我面前。他看着我没有说一句话，就是一副世界上他最可怜的模样。

我将他落下的充电器甩给他，重重地关上了家门。

从认识时起，他就开始给我讲他的凄惨童年，扮可怜博得同情。直到我们结束，他依然这样。也许，这是他惯用的沟通方式。

只是，我不再保护他了，也不再陪着他欺骗自己了。

后来传闻，所有人都说他离开我活得像条狗。

而我开始了新的生活，离开了那个房子，换了工作，以前和他认识的朋友们谁都找不到我，一切都是新的。

我已经记不清他五官的轮廓，但他那句“你租的房子就是你的啊”，一直让我记忆深刻。

其实我想跟他说，房子可以是租来的，但生活不行。

后 记

我读第一本文学类书籍是在13岁。那时候，父亲单位有图书室，可以借书，父亲就让我自己去选。图书室里面摆放的全都是世界名著，我选了一本但丁的《神曲》。对于那个年纪的我，要想理解这本书是很难的，而我看得津津有味的原因并不是书中对于文艺复兴时期人文主义思想的希望，而是像读鬼故事一样刺激。而且我还能将其中的片段背下来，在同学们面前炫耀。看着他们一脸懵懂的表情，我很是自豪。然后，我又读了《拿破仑传》《瓦特》……从那时候起，我就以读世界名著能带给自己独特的趣味而自豪。我从那些阅读中发现，原来写作可以这么自由，这甚至影响了我的语文学习：写的作文虽然也能扣题，但总会绕得很远，因为我也想写得那么“自由”。

在我17岁时，特别喜欢一本叫《和诺贝尔文学奖较劲》的书，总是放在课桌上。有一次自习课上，数学老师走到我桌子前，低头看到了这本书，便拿起来翻看。我当时特别害怕书被没收，所以紧张地低着头等待着。在当时来说，这算是课外书，是不允许带到课堂上的。但老师并没有没收它，而是轻轻地把书放了回来，还小声说了句:“收起来，回家再看吧。”

后来，我留在了北京，开启了“北漂”生活。我一路逆流而上，虽然也有着维持生计的工作，但内心一直无法安稳下来。我有过一段萧条的日子，每天起来就盯着窗外发呆，饿了再去吃饭。现在回想，那段日子真的如行尸走肉般空洞。也就是在那样无望的日子里，友人提醒我，为何不将写作延续下去?

从那时开始，我便将自己封闭在一个小房间里差不多两年的时间。其间读了很多书，写了很多作品，直到我不满足于自己闷头写，开始在网络上一篇篇地发表。当点击率一天比一天高的时候，朋友们都为我叫好，但我却开始退缩了。我不止一次地翻看发表过的文字，每次都会在心里悄悄地修改，但总是不能令自己完全满意。我意识到，是我的世界变窄了，我需要走出去。我很想去鲁迅文学院接受系统的创作培训指导，但由于去那里是需要一定的条件，而那时的我并不具备。我没有因此放弃，我一定要学习！于是，我来到了北大。我去找来了北大文学院的全部课程表，按照时间顺序，将自己喜欢的课程从早排到晚。从早上6点半到晚上10点半，我把时间排得满满的，且每天如此。因为我坐地铁去北大需要一个小时，所以只有早上6点半出门，才能赶得上第一节课。我那时在北大没有食堂饭卡，更没有宿舍，所以上午下课到下午上课之间的两个半小时午休时间，我只能去小超市买一个汉堡或者面包、一瓶水，然后找个人少的地方坐下来，一边吃，一边复习课程和临场写作。我特别喜欢坐在蔡元培先生雕像前，他的雕像前专门有一把椅子，我每次去的时候都会坐很久，与“他”聊聊天。有一次，我看到一个男生站在那里，对着先生鞠了一躬，从此我也会先鞠躬，然后再坐下。后来，当我每次重游北大时，都会买上一束鲜花，放在蔡元培先生的雕像前，然后坐下来与“他”聊聊我的写作与成长，成绩与失落。

在北大“蹭课”的日子我一点儿都不觉得苦，反而很充实、很快乐。北大的几位教授对我的印象都特别深，因为我永远坐在第一排，手抄课堂笔记。我坚信，只有过了手的文字，脑子里的印象才会更深刻。那阵子我像上了发条般，周末也不停歇，还参加北京义工联，去养老院、残联，这些都是我创作体验的一部分。在这些经历中，我学会了和不同年龄、不同经历的人相处，有机会细致地观察他们的一举一动。我一直喜欢写小人物，因为我觉得小人物更真实、更生动、更接地气，也更令人动容。

人们总歌唱爱情的美好，但仔细想想，流传于世的那些爱情故事，结局却多是令人惋惜的。正因为“不能在一起”，他们才不顾一切、飞蛾扑火、化蝶双飞，其实想要表达的都是对于能够在一起的“珍惜”和不能在一起的“惋惜”。我的这本《4×100米恋爱》，正是想通过当下一部分人面对爱情的“不珍惜”，唤醒读者对于时间与情感无度挥霍的反思。

例如，本书第二个故事《我还是想你》，不以书中既定的女性视角，而是选择了以男性思维来讲述这件荒诞的事。通过讲述他幼稚的行为，也是想给那些分手后感到后悔的人做一个实验。其实三个人都知道没有好结果的，但还是选择将曾经的“可惜”延续，缓慢而无伤害的和彼此告别，直到大家都能接受分手这个事实，平静地离开。我们的爱情有很多种可能，需要我们静下心来慢慢品味，慢慢对话，细致入微地关怀，耐心地解决彼此的矛盾。即使真的不能在一起，但至少在这个过程中，我们学会了怎样解决矛盾，化解彼此认为的不平等。至少在爱情中，我们学会了如何对得起自己的时间，对得起彼此的付出。

我所有的故事与创作都融入在日常生活里，所以没有所谓的灵感，灵感只是老天爷高兴了赏给创作者的一份快餐，给你就有，不给就没有。所以我对于灵感，从来不拒绝，也不期待，因为我相信真实的生活。我抒写真实的人和事，我遵从内心、相信眼睛，没有这些，就不会有作品。在我拿起笔的那一刻，就已经选择好了被冷落、被遗忘。这个世界本就这样，变化莫测，让人猝不及防，但我选择自己来创造，自己决定自己的命运，自己谱写自己的人生。当我背着行囊孤独地在人群中流浪，记录生命里遇到的所有疾苦和美好时，我相信，我的读者也会在静谧的夜里读我的文字。也许它冠盖满京华，你与我的身边空空如也，那又怎样？我写你读，我画你赏。回首间，笔下的故事，也终会随着时间的流逝而模糊于曾经的记忆里。

当一个艺术家饥肠辘辘地打开他的背包，发现里面都是流光溢彩的珠子，这是一种悲哀。我知道，创作者不能抵达宁静的生活，因为宁静会使我们失去斗志。我喜欢在肚子饿的时候写作，它让我很真切地体验到对人、对物、对一切通往自由彼岸的渴望。

2018 年 12 月 25 日

夜灵眸